Translated Language Learning

Les Aventures d'Alice au Pays des Merveilles

Alicine Dobrodružstvá v Krajine Zázrakov

Lewis Carroll

Français / Slovenčina

Dans le Terrier du Lapin
Do králičej nory

Alice commençait à être très fatiguée
Alice začínala byť veľmi unavená
Elle était assise à côté de sa sœur sur le talus d'herbe
Sedela vedľa svojej sestry na trávnatom brehu
Mais elle n'avait rien à faire
ale nemala čo robiť
Sa sœur lisait un livre
jej sestra čítala knihu
une ou deux fois, Alice jeta un coup d'œil dans le livre
raz alebo dvakrát Alice nahliadla do knihy
Mais le livre ne contenait ni images ni conversations
ale v knihe neboli žiadne obrázky ani rozhovory
« À quoi sert un livre sans images ? » pensa Alice
"Načo je kniha bez obrázkov?" pomyslela si Alica
« Pourquoi un livre n'aurait-il pas de conversations ? »
"Prečo by kniha nemala viesť žiadne rozhovory?"
Mais elle avait d'autres choses à considérer

ale musela zvážiť aj iné veci
« Faire une chaîne de marguerites serait un plaisir »
"Vyrobiť reťaz sedmokrások by bolo potešením"
« Mais cela vaut-il la peine de se lever et de cueillir les marguerites ?? »
"Ale stojí to za námahu vstať a zbierať sedmokrásky??"
Ce n'était pas si facile d'y penser
Nebolo také ľahké o tom premýšľať
parce que la journée la rendait somnolente et stupide
pretože v deň sa cítila ospalá a hlúpa
Mais soudain, ses pensées s'interrompirent
ale zrazu sa jej myšlienky prerušili
un lapin blanc aux yeux roses courait près d'elle
Biely králik s ružovými očami bežal blízko nej

Il n'y avait rien de trop remarquable chez le lapin
Na králikovi nebolo nič prehnane pozoruhodné
et Alice ne trouvait pas non plus le lapin remarquable
a Alica tiež nepovažovala králika za pozoruhodného
elle ne s'étonna pas non plus quand le Lapin parla
ani ju neprekvapilo, keď Králik prehovoril
« Oh mon Dieu ! Je serai trop tard ! se dit-il
"Ó, bože! Prídem neskoro!" povedal si

mais alors le Lapin a fait quelque chose que les lapins n'ont pas fait

ale potom Králik urobil niečo, čo králiky neurobili

le Lapin tira une montre de la poche de son gilet

Králik vytiahol z vrecka vesty hodinky

Il regarda l'heure puis se hâta

Pozrel sa na čas a potom sa ponáhľal ďalej

Alice se leva, stupéfaite

Alica sa v úžase postavila na nohy

Elle n'avait jamais vu un lapin avec un gilet auparavant !

nikdy predtým nevidela králika s vestou!

elle n'avait jamais vu non plus de lapin avec une montre !

ani nikdy nevidela králika s hodinkami!

Alice brûlait d'une nouvelle curiosité

Alice horela novou zvedavosťou

et elle courut à travers le champ après le Lapin

a bežala cez pole za Králikom

Elle était juste à temps pour voir le lapin disparaître

Bola práve včas, aby videla, ako králik zmizol

Le lapin sauta dans un grand terrier de lapin

Králik skočil do veľkej králičej nory

Un instant plus tard, Alice s'est mise à courir après le lapin !

O chvíľu išla Alica dole za králikom!

Le terrier du lapin continuait tout droit comme un tunnel

Králičia nora išla rovno ako tunel

Et le tunnel a continué à avancer sur une certaine distance

a tunel pokračoval v určitej vzdialenosti

Et puis le chemin s'est soudainement incliné

a potom cesta náhle klesla

Alice n'eut pas un instant pour songer à s'arrêter

Alica nemala ani chvíľu na to, aby sa zastavila

Elle s'est retrouvée à tomber et à tomber

zistila, že padá dole a dole a dole

Il semblait qu'elle était tombée dans un puits très profond

zdalo sa, akoby spadla do veľmi hlbokej studne

Ou le puits était très profond, ou bien elle tombait très lentement

Buď bola studňa veľmi hlboká, alebo padala veľmi pomaly
parce qu'elle avait tout le temps de tomber
pretože mala dosť času na pád
alors qu'elle tombait, elle pouvait regarder tout autour d'elle
keď padala, mohla sa rozhliadnuť všade okolo seba
D'abord, elle a essayé de comprendre où elle allait
Najprv sa snažila zistiť, kam ide
mais le puits était trop sombre pour voir quoi que ce soit
ale studňa bola príliš tmavá na to, aby niečo bolo vidieť
Puis elle regarda les côtés du puits
Potom sa pozrela na boky studne
Et elle remarqua qu'il y avait des placards tout autour d'elle
a všimla si, že všade okolo nej sú skrine
et tout autour du puits il y avait des étagères de livres
a všade okolo studne boli police s knihami
Çà et là, elle voyait des cartes et des tableaux accrochés à des piquets
Tu a tam videla mapy a obrázky zavesené na kolíkoch
En passant, elle prit un bocal sur l'une des étagères
Keď prechádzala okolo, zložila z jednej z políc nádobu
Le pot a été étiqueté pour son contenu
nádoba bola označená pre svoj obsah
« MARMELADE D'ORANGES »
"MARMELÁDA Z POMARANČOV"
Mais, à sa grande déception, le pot de marmelade était vide
ale na jej veľké sklamanie bola nádoba na marmeládu prázdna
Elle ne voulait pas laisser tomber le pot de marmelade vide
Nechcela upustiť prázdnu nádobu na marmeládu
et sa chute fut très lente
a jej pád bol veľmi pomalý
Elle a donc réussi à mettre le pot de marmelade dans l'un des placards
Podarilo sa jej teda vložiť nádobu na marmeládu do jednej zo skríň
Tombée, descendue, tombée !
Dole, dole, dole padá!
La chute prendrait-elle fin ?

Skončí sa niekedy pád?
Il n'y avait rien d'autre à faire
Nedalo sa nič iné robiť
alors Alice commença bientôt à se parler à elle-même
a tak sa Alica čoskoro začala rozprávať sama so sebou
« Je vais beaucoup manquer à Dinah ce soir, je pense ! »
"Myslím, že Dinah budem dnes večer veľmi chýbať!"
Dinah était le chat d'Alice
Dinah bola Alicina mačka
« J'espère qu'ils se souviendront de sa soucoupe de lait à l'heure du thé »
"Dúfam, že si spomenú na jej tanierik s mliekom pri čaji."
« Dinah, ma chère, je voudrais que tu sois ici avec moi ! »
"Dina, moja drahá, kiež by si bola tu so mnou!"
Alice sentit qu'elle s'assoupissait
Alice cítila, že driema
Et puis soudain, bruit sourd ! bourrade!
A potom zrazu búch! úder!
Elle tomba sur un tas de bâtons
Spadla na hromadu palíc
et elle atterrit sur un tas de feuilles sèches
a pristála na hromade suchého lístia
et enfin la longue chute dans le trou était terminée
a nakoniec sa dlhý pád do diery skončil
Alice n'était pas du tout blessée
Alice nebola ani trochu zranená
Et elle se leva d'un bond au bout d'un instant
a o chvíľu vyskočila
Elle leva les yeux, mais il faisait noir au-dessus de sa tête
Pozrela sa hore, ale nad hlavou bola tma
Devant elle se trouvait un autre long couloir
Pred ňou bola ďalšia dlhá chodba
et le Lapin Blanc était toujours en vue
a Biely králik bol stále na dohľad
Il se hâtait dans le couloir
Ponáhľal sa chodbou
Il n'y avait pas un instant à perdre

Nebolo možné strácať ani chvíľu
Alice s'enfuit comme le vent
Alica utekala ako vietor
Au coin de la rue, le lapin s'est retourné
Za rohom sa králik otočil
Elle était juste à temps pour entendre le lapin
Bola práve včas, aby počula králika
« "Oh, mes oreilles et mes moustaches »
"Ach, moje uši a fúzy"
« Comme il est tard ! »
"Ako je neskoro!"
Elle était tout près derrière le lapin
Bola tesne za králikom
Elle tourna au détour d'un autre coin
Zabočila za ďalší roh
mais le Lapin n'était plus visible
ale Králika už nebolo vidieť
Elle se retrouva dans une longue salle basse
Ocitla sa v dlhej, nízkej hale
La salle était éclairée par une rangée de plafonniers
Sála bola osvetlená radom stropných lámp
Il y avait des portes tout autour de la salle
Všade po hale boli dvere
mais toutes les portes étaient fermées à clé
ale všetky dvere boli zamknuté
Elle marcha tout le long d'un côté de la salle
Prešla celou cestou po jednej strane chodby
et elle avait fait tout le chemin de l'autre côté de la salle
a prešla celú druhú stranu chodby
Elle avait essayé toutes les portes
vyskúšala všetky dvere
et elle marchait tristement au milieu de la salle
a smutne kráčala stredom chodby
« Comment vais-je jamais en sortir ? »
"Ako sa ešte niekedy dostanem von?"

Tout à coup, elle tomba sur une petite table

Zrazu prišla k malému stolíku

La table était entièrement en verre massif

Stôl bol celý vyrobený z masívneho skla

Il n'y avait rien sur la table à part une petite clé dorée

Na stole nebolo nič iné ako malý zlatý kľúč

La clé pourrait appartenir à l'une des portes !

kľúč môže patriť jedným z dverí!

Mais, hélas ! Certaines serrures étaient trop grandes pour les clés

ale, bohužiaľ! Niektoré zámky boli príliš veľké na kľúče

et pour les autres serrures, la clé était trop petite

a pre ostatné zámky bol kľúč príliš malý

mais, en tout cas, la clef n'ouvrit aucune des portes

ale v každom prípade kľúč neotvoril žiadne dvere

Mais que devait-elle faire ?

ale čo mala robiť?

Elle traversa de nouveau le couloir

Znova prešla chodbou

et cette fois, elle remarqua un rideau bas

a tentoraz si všimla nízku oponu

Derrière le rideau se trouvait une petite porte

Za závesom boli malé dvere

La porte avait une quinzaine de pouces de haut

dvere boli vysoké asi pätnásť palcov
Elle essaya la petite clé dorée dans la serrure
Vyskúšala malý zlatý kľúč v zámku
Et à sa grande joie, la clé s'est glissée dans la serrure !
a na jej veľkú radosť sa kľúč zmestil do zámku!
Alice ouvrit la porte
Alica otvorila dvere
et elle trouva la porte qui donnait sur un petit couloir
a našla dvere vedené do malej chodby
Le couloir n'était pas beaucoup plus grand qu'un trou à rats
chodba nebola oveľa väčšia ako krysia diera
Elle s'agenouilla et regarda le long du couloir
Kľakla si a pozrela sa po chodbe
et elle a vu le plus beau jardin que vous ayez jamais vu
a videla najkrajšiu záhradu, akú ste kedy videli
comme elle avait envie de sortir de cette salle sombre
Ako túžila dostať sa z tej tmavej siene
comme elle voulait se promener parmi ces fleurs lumineuses
Ako sa chcela túlať medzi tými žiarivými kvetmi
Comme ces fontaines avaient l'air cool et rafraîchissantes
Ako chladne vyzerali tieto fontány
Mais elle ne pouvait même pas passer la tête par la porte
ale nedokázala dostať ani hlavu cez dvere
— Oh ! dit Alice d'un ton lugubre
"Ach," povedala Alice smutne
comme je voudrais pouvoir me plier comme un télescope !
"Ako by som si priala, aby som sa mohla zložiť ako
ďalekohľad!"
« Je pense que je pourrais me plier comme un télescope »
"Myslím, že by som sa mohol zložiť ako ďalekohľad"
« Si seulement je savais par où commencer »
"Keby som len vedel, ako začať"
Alice retourna à la table
Alica sa vrátila k stolu
Il y avait la chance de trouver une autre clé
Bola tu šanca nájsť ďalší kľúč
Ou il pourrait y avoir un livre de règles

alebo môže existovať kniha pravidiel

Le livre pourrait lui apprendre à se plier comme un télescope

Kniha by jej mohla povedať, ako sa má zložiť ako ďalekohľad

Cette fois, elle trouva une petite bouteille

Tentoraz našla malú fľaštičku

« cette bouteille n'était certainement pas là auparavant, » dit Alice

"Táto fľaša tu určite predtým nebola," povedala Alice

et autour du goulot de la bouteille était attachée une étiquette en papier

a okolo hrdla fľaše bola uviazaná papierová etiketa

L'étiquette était magnifiquement imprimée en grandes lettres

štítok bol krásne vytlačený veľkými písmenami

« BOIS-MOI »

"VYPI MA"

« Non, je vais regarder d'abord », a-t-elle dit

"Nie, najprv sa pozriem," povedala

« Je vais voir si la bouteille est marquée comme toxique ou non, »

"Uvidím, či je fľaša označená ako jedovatá alebo nie,"

Parce qu'elle n'a jamais oublié la leçon sur le poison

pretože nikdy nezabudla na lekciu o jede

« Si une bouteille est étiquetée comme toxique, elle est forcément en désaccord avec vous »

"Ak je fľaša označená ako jedovatá, určite s vami nebude súhlasiť"

Cependant, cette bouteille n'a pas été marquée comme toxique

Táto fľaša však nebola označená ako jedovatá

alors Alice se hasarda à goûter le contenu de la bouteille

a tak sa Alica odvážila ochutnať obsah fľaše

Elle trouva le liquide tout à fait à son goût

Zistila, že tekutina sa jej páči

La boisson avait une sorte de saveur mélangée

nápoj mal akúsi zmiešanú chuť

tarte aux cerises, crème pâtissière et ananas

čerešňový koláč, puding a ananás
Rôtir la dinde, le caramel et le pain grillé au beurre chaud
Pečené morčacie mäso, karamelu a toast s horúcim maslom
et elle finit bientôt la bouteille
a čoskoro fľašu dopila
« Quelle curieuse sensation ! » dit Alice
"Aký zvláštny pocit!" povedala Alica
« Je me plie comme un télescope ! »
"Skladám sa ako ďalekohľad!"
Et elle se repliait comme un télescope !
A naozaj sa skladala ako ďalekohľad!
Elle n'avait plus que dix pouces de haut
Teraz bola vysoká len desať centimetrov
et son visage s'éclaira à ses pensées
a jej tvár sa rozjasnila pri myšlienkach
Maintenant, elle était de la bonne taille pour la petite porte
teraz mala správnu veľkosť pre malé dvierka
Maintenant, elle pouvait aller dans ce joli jardin
Teraz mohla ísť do tej krásnej záhrady
Bientôt, elle a cessé de devenir plus petite
čoskoro sa prestala zmenšovať
Elle décida d'aller tout de suite dans le jardin
Rozhodla sa, že ihneď pôjde do záhrady
mais, hélas pour la pauvre Alice !
ale, beda úbohej Alici!
Elle arriva à la porte
Dostala sa k dverám
Mais elle avait oublié la petite clé d'or
ale zabudla malý zlatý kľúč
Elle retourna à la table pour prendre la clé
Vrátila sa k stolu pre kľúč
Mais elle s'aperçut qu'elle ne pouvait pas atteindre assez haut
ale zistila, že nemôže dosiahnuť dostatočne vysoko
Elle pouvait voir la clé très distinctement à travers la vitre
cez sklo videla kľúč celkom jasne
Elle essaya de grimper sur les pieds de la table

Pokúsila sa vyliezť po nohách stola
Mais le verre était beaucoup trop glissant
ale sklo bolo príliš klzké
Finalement, elle s'est fatiguée à essayer
Nakoniec sa unavila skúšaním
et la pauvre petite fille s'assit et pleura
a úbohé dievčatko si sadlo a plakalo
Alice se parlait à elle-même assez vivement
Alica hovorila k sebe dosť ostro
« Allons, ça ne sert à rien de pleurer comme ça ! »
"Poď, nemá zmysel takto plakať!"
« Je vous conseille d'arrêter tout de suite ! »
"Radím vám, aby ste v tejto chvíli prestali!"
Elle se donnait généralement de très bons conseils
Vo všeobecnosti si dávala veľmi dobré rady
bien qu'elle suivît très rarement ses propres conseils
hoci sa veľmi zriedka riadila vlastnými radami
Et elle était parfois trop dure envers elle-même
a niekedy bola na seba príliš tvrdá
et ses paroles lui firent monter les larmes aux yeux
a jej slová jej vháňali slzy do očí
Bientôt, son regard tomba sur une petite boîte en verre
Čoskoro jej zrak padol na malú sklenenú škatuľku
La petite boîte de verre était posée sous la table
Malá sklenená škatuľka ležala pod stolom
Dans la boîte en verre se trouvait un tout petit gâteau
V sklenenej krabici bol veľmi malý koláč
Sur le gâteau, quelques mots étaient magnifiquement écrits
Na torte boli niektoré slová krásne napísané
les mots avaient été marqués dans des groseilles
slová boli označené ríbezľami
« MANGE-MOI »
"JEDZ MŇA"
« Eh bien, je vais manger le gâteau », dit Alice
"Nuž, ja zjem koláč," povedala Alica
« et si le gâteau me fait grossir, je peux atteindre la clé »
"a ak ma koláč zväčší, môžem dosiahnuť kľúč"

« et si le gâteau me fait rapetisser, je peux me glisser sous la porte »

"a ak ma koláč zmenši, môžem sa vkradnúť pod dvere"

« Donc, de toute façon, j'irai dans le jardin »

"Tak či onak, dostanem sa do záhrady"

« Et peu m'importe lequel des deux arrive ! »

"A je mi jedno, čo z toho sa stane!"

Elle a mangé un peu du gâteau

Zjedla kúsok koláča

et elle se parla anxieusement à elle-même :

a úzkostlivo si prehovorila:

« Dans quel sens ? Dans quel sens ?

"Ktorýmkoľvek smerom? Ktorýmkoľvek smerom?"

et elle posa la main sur sa tête

a držala si ruku na hlave

Elle voulait sentir de quelle façon elle grandissait

chcela cítiť, akým spôsobom rastie

Elle fut très surprise de découvrir ce qui s'était passé

Bola dosť prekvapená, keď zistila, čo sa stalo

Elle était restée de la même taille !

Zostala rovnakej veľkosti!

Cette fois, elle redoubla donc d'efforts

Tentoraz teda zdvojnásobila svoje úsilie

Et bientôt, elle termina tout le gâteau

a čoskoro dokončila celý koláč

La mare de larmes
Kaluž sĺz

« Cela devient de plus en plus intéressant ! » s'écria Alice
"Toto je čoraz zaujímavejšie!" zvolala Alica
Vous pouvez voir qu'elle était très surprise
Môžete vidieť, že bola veľmi prekvapená
« Je m'ouvre comme le plus grand télescope qui ait jamais existé ! »
"Otváram sa ako najväčší ďalekohľad, aký kedy bol!"
« Au revoir, les pieds ! Oh, mes pauvres petits pieds"
"Zbohom, nohy! Ach, moje úbohé nožičky"
« Je me demande qui va vous mettre vos chaussures maintenant, mes chères ? »
"Som zvedavý, kto vám teraz obuje topánky, drahí?"
et je me demande qui mettra vos bas ?
"A som zvedavý, kto ti oblečie pančuchy?"
« Je serai beaucoup trop loin »
"Budem príliš ďaleko"
« Je ne pourrai plus me soucier de toi »
"Už sa o teba nebudem môcť trápiť"
Juste à ce moment, sa tête heurta quelque chose
Práve v tejto chvíli jej hlava narazila na niečo
Elle avait atteint le toit de la salle
dosiahla strechu haly
En fait, elle mesurait maintenant plus de deux mètres
v skutočnosti bola teraz vysoká viac ako dva metre
et elle prit aussitôt la petite clef d'or
a hneď vzala malý zlatý kľúč
et elle se précipita vers la porte du jardin
a ponáhľala sa k záhradným dverám
Pauvre Alice ! Il n'y avait pas grand-chose qu'elle pouvait faire
Úbohá Alica! Nemohla toho veľa urobiť
Elle s'allongea sur le côté
Ľahla si na jednu stranu
et elle regarda d'un œil dans le jardin
a jedným okom sa pozrela do záhrady

Mais s'en sortir était plus désespéré que jamais
ale dostať sa cez to bolo beznádejnejšie ako kedykoľvek
predtým
Elle s'est assise et a recommencé à pleurer
Sadla si a začala znova plakať
Elle a continué à verser des litres de larmes
Pokračovala v prelievaní litrov sĺz
Bientôt, il y eut une grande flaque tout autour d'elle
čoskoro bol všade okolo nej veľký bazén
et l'eau atteignait la moitié du couloir
a voda siahala do polovice chodby
**Au bout d'un moment, elle entendit un petit claquement de
pieds**
Po chvíli začula malé dupot nôh
Elle entendit les pas venir de loin
z diaľky počula chodidlá
**et elle s'essuya vivement les yeux pour voir ce qui allait
arriver**
a rýchlo si osušila oči, aby videla, čo príde
C'était le retour du Lapin Blanc
Bol to Biely Králik vracajúci sa
Il était magnifiquement vêtu
Bol nádherne oblečený
Il avait une paire de gants blancs dans une main
v jednej ruke mal pár bielych rukavíc
et il avait un grand éventail de plumes dans l'autre main
a v druhej ruke mal veľký vejár z peria
Il arriva en trottinant en toute hâte
Prišiel klusom vo veľkom zhone
et il murmura en lui-même : « Oh ! la duchesse, la duchesse !
a zamrmlal si pre seba: "Ach! vojvodkyňa, vojvodkyňa!"
« Ah ! ne serait-elle pas sauvage si je l'ai fait attendre !
"Ach! nebude divoká, keby som ju nechal čakať!"

Quand le Lapin s'approcha d'elle, Alice prit la parole
Keď sa k nej Králik priblížil, Alica prehovorila
Mais elle parlait d'une voix basse et timide
ale prehovorila tichým, nesmelým hlasom
« Monsieur, s'il vous plaît, arrêtez ce que vous faites un instant »
"Pane, prosím, na chvíľu prestaňte s tým, čo robíte"
Le Lapin sursauta violemment
Králik sa prudko zľakol
Il laissa tomber les gants blancs et l'éventail de plumes
Zhodil biele rukavice a vejár z peria
et il s'enfuit dans les ténèbres aussi vite qu'il le put
a utekal do tmy tak rýchlo, ako len mohol,
Alice ramassa l'éventail en plumes et les gants
Alice zdvihla vejár z peria a rukavice
Et elle n'arrêtait pas de s'éventer tout en parlant
a stále sa ovívala, zatiaľ čo hovorila
« Cher, cher ! Comme tout est étrange aujourd'hui ! »
"Drahý, drahý! Aké zvláštne je dnes všetko!"
« Hier, les choses se sont passées comme d'habitude »
"Včera to pokračovalo ako zvyčajne"
« Étais-je le même quand je me suis levé ce matin ? »
"Bol som rovnaký, keď som dnes ráno vstal?"

« Mais si je ne suis pas le même, il y a une autre question »
"Ale ak nie som rovnaký, je tu iná otázka"
« Qui suis-je ? »
"Kto som preboha?"
« Ah, c'est le grand casse-tête ! »
"Ach, to je tá veľká hádanka!"
En disant cela, elle baissa les yeux sur ses mains
Keď to povedala, pozrela sa na svoje ruky
Elle portait l'un des petits gants blancs du lapin
mala na sebe jednu z malých bielych rukavíc králikov
Elle n'avait pas remarqué qu'elle avait mis le gant en parlant
Nevšimla si, že si pri rozprávaní nasadila rukavicu
« Comment ai-je pu faire cela ? » a-t-elle pensé
"Ako som to mohla urobiť?" pomyslela si
« Je dois redevenir petit »
"Musím byť opäť malá"
Elle se leva et s'approcha de la table pour mesurer sa taille
Vstala a išla k stolu, aby si zmerala svoju výšku
Elle a découvert qu'elle mesurait maintenant environ un
demi-mètre
zistila, že je teraz asi pol metra vysoká
et elle rétrécissait encore rapidement
a stále sa rýchlo zmenšovala
Elle découvrit rapidement quelle était la cause de ce
rétrécissement
Čoskoro zistila, čo bolo príčinou zmenšenia
L'éventail de plumes la rendait encore plus petite !
Vejár peria ju opäť zmenšoval!
et elle laissa tomber l'éventail de plumes à la hâte
a rýchlo pustila vejár z peria
Elle laissa tomber l'éventail de plumes juste à temps pour se
sauver
Pustila vejár z peria práve včas, aby sa zachránila
Si elle s'était éventée plus longtemps, elle se serait
complètement retirée
Keby sa ešte viac ovívala, úplne by sa stiahla
« C'était une échappatoire de justesse ! » dit Alice

"To bol tesný únik!" povedala Alica

et elle fut bien effrayée de ce changement soudain

a bola veľmi vystrašená náhlou zmenou

mais elle était très heureuse de se trouver encore en existence

ale bola veľmi rada, že stále existuje

« Et maintenant, en route pour le jardin ! »

"A teraz do záhrady!"

Et elle courut à toute vitesse vers la petite porte

A rozbehla sa celou rýchlosťou späť k malým dverám

Mais, hélas ! La petite porte fut refermée

ale, bohužiaľ! malé dvierka sa opäť zavreli

et la petite clé d'or était de nouveau posée sur la table de verre

a malý zlatý kľúč opäť ležal na sklenenom stolíku

« Les choses sont pires que jamais », pensa le pauvre enfant

"Veci sú horšie ako kedykoľvek predtým," pomyslelo si úbohé dieťa

« Je n'ai jamais été aussi petit que ça auparavant, jamais ! »

"Nikdy predtým som nebol taký malý, nikdy!"

En prononçant ces mots, son pied glissa

Keď vyslovila tieto slová, noha sa jej pošmykla

et un instant plus tard, il y eut une grande éclaboussure !

a o chvíľu sa ozval veľký špliech!

Elle était dans l'eau salée jusqu'au menton

bola po bradu v slanej vode

Sa première idée fut qu'elle était tombée d'une manière ou d'une autre dans la mer

Jej prvá myšlienka bola, že nejako spadla do mora

Cependant, elle s'est vite rendu compte dans quoi elle se trouvait

Čoskoro si však uvedomila, v čom je

Elle était dans une mare de larmes

bola v kaluži sĺz

les larmes qu'elle avait versées quand elle avait deux mètres de haut

slzy, ktoré plakala, keď bola dva metre vysoká

Juste à ce moment-là, elle entendit quelque chose
Práve vtedy niečo začula
Quelque chose barbotait dans la mare
Niečo sa špliechalo v bazéne
Les éclaboussures venaient d'un peu de loin
Špliechanie prichádzalo z malej vzdialenosti
et elle nagea plus près pour voir ce que c'était que les éclaboussures
a plávala bližšie, aby videla, čo je to špliechanie
Elle vit bientôt que ce n'était qu'une petite souris
čoskoro videla, že je to len malá myška
La petite souris s'était également glissée dans l'eau
Myška tiež vkĺzla do vody
Alice réfléchit à la situation
Alica sa zamyslela nad situáciou
« Serait-il utile de parler à cette souris ? »
"Bolo by užitočné hovoriť s touto myšou?"
« Tout est tellement à l'envers ici »

"Všetko je tu hore nohami"

« Je pense que c'est très probable que cette souris peut parler »

"Myslím si, že táto myš vie hovoriť"

« En tout cas, il n'y a pas de mal à essayer »

"V každom prípade nie je na škodu sa o to pokúsiť"

Alors elle a commencé à essayer de parler à la souris

Začala sa teda pokúšať rozprávať s myšou

« Oh Souris, sais-tu comment sortir de cette mare ? »

"Ach, myš, poznáš cestu von z tohto jazierka?"

« Je suis bien fatigué de nager ici, ô souris ! »

"Som veľmi unavený z plávania tu, ó myš!"

La souris la regarda d'un air assez inquisiteur

Myš sa na ňu pozrela dosť zvedavo

La souris semblait cligner de l'œil avec l'un de ses petits yeux

Zdalo sa, že myš žmurkla jedným zo svojich malých očí

Mais la petite souris ne dit rien

ale myška nepovedala nič

« Peut-être la souris ne comprend-elle pas l'anglais », pensa Alice

"Možno myš nerozumie po anglicky," pomyslela si Alica

« J'ose dis-le que c'est une souris française »

"Trúfam si povedať, že je to francúzska myš"

« peut-être que cette souris est venue avec Guillaume le Conquérant »

"možno táto myš prišla s Viliamom Dobyvateľom"

Alors elle a recommencé, en français

A tak začala znova, po francúzsky

« Où est mon chat ? » a-t-elle demandé en français

"Kde je moja mačka?" spýtala sa po francúzsky

c'était la première phrase de son livre de leçons de français

bola to prvá veta v jej učebnici francúzštiny

La souris fit un saut soudain hors de l'eau

Myš náhle vyskočila z vody

et la souris semblait frémir de frayeur

a zdalo sa, že sa myš celá chvela od strachu

— Oh ! je vous demande pardon ! s'écria vivement Alice

"Ach, prepáčte!" zvolala Alica rýchlo

Elle craignait d'avoir blessé les sentiments du pauvre animal

bála sa, že zranila city úbohého zvieraťa

« J'oubliais que tu n'aimais pas les chats »

"Celkom som zabudol, že nemáš rád mačky"

« Je n'aime pas les chats ! » cria la Souris d'une voix aiguë et passionnée

"Nemám rád mačky!" zvolala Myš prenikavým, vášnivým hlasom

« Voudrais-tu des chats, si tu étais moi ? »

"Chceli by ste mačky, keby ste boli na mojom mieste?"

Alice réconforta la souris d'un ton apaisant

Alica utešovala myš upokojujúcim tónom

« Eh bien, peut-être que je n'aimerais pas non plus les chats si j'étais vous »

"No, možno by som na tvojom mieste nemal rád mačky"

« S'il vous plaît, ne soyez pas en colère à propos de la mention des chats »

"Prosím, nehnevajte sa na zmienku o mačkách"

« Et pourtant, j'aimerais pouvoir te montrer notre chat Dinah »

"A predsa by som si priala, aby som ti mohla ukázať našu mačku Dinah"

« Si vous la rencontriez, je pense que vous prendriez goût aux chats »

"Keby si ju stretol, myslím, že by si si obľúbil mačky"

« Si seulement vous pouviez la voir »

"Keby si ju len mohol vidieť"

« Elle est une chose si chère et si calme »

"Je to taká drahá, tichá vec"

La souris tremblait de partout

Myš sa celá triasla

Alice était certaine que la souris devait être vraiment offensée

Alica si bola istá, že myš musí byť naozaj urazená

« On ne parlera plus d'elle, si tu préfères ne pas le faire »

"Už o nej nebudeme hovoriť, ak nechcete"
« Nous, en effet ! » s'écria la Souris
"My, naozaj!" zvolala Myš
La souris tremblait jusqu'au bout de sa queue
Myš sa triasla až do konca chvosta
« Comme si je voulais parler d'un tel sujet ! »
"Akoby som mal hovoriť o takejto téme!"
« Notre famille a toujours détesté les chats »
"Naša rodina vždy nenávidela mačky"
"Les chats ; des choses méchantes, basses, vulgaires !
"Mačky; škaredé, nízke, vulgárne veci!"
« Ne me laissez plus entendre le nom ! »
"Nedovoľ mi znova počuť to meno!"
— Je ne parlerai plus des chats, en effet, dit Alice
"Naozaj už nebudem spomínať mačky!" povedala Alica
Elle était très pressée de changer de sujet
veľmi sa ponáhľala zmeniť tému
"Êtes-vous... Aimez-vous les chiens ?
"Si ... máte radi psov?"
« Il y a un petit chien si gentil près de notre maison, »
"Neďaleko nášho domu je taký pekný malý psík,"
« Je voudrais te montrer le petit chien ! »
"Rád by som vám ukázal malého psíka!"
"Ce petit chien tue tous les rats et...
"Tento malý pes zabije všetky potkany a...
« Oh ! mon Dieu ! » s'écria Alice d'un ton triste
"Ach, bože!" zvolala Alica smutným tónom
« J'ai peur de t'avoir encore offensé ! »
"Obávam sa, že som ťa zase urazil!"
La souris nageait loin d'elle aussi vite qu'elle le pouvait
Myš od nej plávala tak rýchlo, ako len mohla
et la souris fit tout un vacarme dans la mare
a myš urobila v bazéne poriadny rozruch
Alors elle appela doucement la souris
Tak ticho zavolala za myšou
« Ma chère souris, s'il vous plaît, revenez ! »
"Moja drahá myš, prosím, vráť sa!"

« Et nous ne parlerons pas des chats »
"A nebudeme hovoriť o mačkách"
« Et nous n'avons pas non plus besoin de parler des chiens »
"A nemusíme hovoriť ani o psoch"
Quand la souris entendit cela, elle se retourna
Keď to myš počula, otočila sa
et la petite souris nagea lentement vers elle
a malá myška pomaly plávala späť k nej
Le visage de la souris était assez pâle
Tvár myši bola celkom bledá
et la souris parla d'une voix basse et tremblante
a myš prehovorila tichým, chvejúcim sa hlasom
« Allons à la rive »
"Poďme na breh"
« et ensuite je vous raconterai mon histoire »
"a potom vám poviem svoju históriu"
« et vous comprendrez pourquoi c'est moi qui déteste les
chats et les chiens »
"A pochopíte, prečo nenávidím mačky a psy"
Il était grand temps de partir
Bol najvyšší čas ísť
parce que la piscine devenait assez bondée
pretože bazén bol dosť preplnený
D'autres oiseaux et animaux étaient tombés dans la mare
Ostatné vtáky a zvieratá spadli do bazéna
il y avait un Canard et un Dodo
boli tam kačica a blbát
et il y avait un oiseau Lory et un aiglon
a bol tam vták Lory a orlík
et il y avait plusieurs autres créatures intéressantes
a bolo tam niekoľko ďalších zaujímavo vyzerajúcich tvorov
Alice a ouvert la voie à la sortie de la piscine
Alice viedla cestu von z bazéna
et toute la troupe des animaux nagea jusqu'au rivage
a celá skupina zvierat plávala k brehu

Une course de caucus et une longue traîne
Preteky a dlhý chvost
C'était en effet une bande d'animaux à l'allure amusante
Bola to skutočne smiešne vyzerajúca banda zvierat
et ils se rassemblèrent tous sur le bord de l'eau
a všetci sa zhromaždili na brehu vody
Les oiseaux avaient tous des plumes débraillées
všetky vtáky mali ošúchané perie
et les animaux à fourrure étaient trempés
a chlpaté zvieratá boli premočené
et tous étaient trempés, agacés et mal à l'aise
a všetci boli mokrí, otrávení a nepríjemní

Il y avait une question à laquelle il fallait répondre en premier
Najprv bolo potrebné odpovedať na jednu otázku
Quelle est la meilleure façon pour tout le monde de se sécher ?
Aký je najlepší spôsob, ako sa každý môže vysušiť?
Ils ont tenu une consultation à ce sujet
Mali konzultáciu o tejto záležitosti
Bientôt, ils furent tous en bons termes
čoskoro boli všetci v známych vzťahoch
C'était comme si elle les avait connus toute sa vie

bolo to, akoby ich poznala celý život

La souris semblait être une personne d'une certaine autorité

Myš sa zdala byť osobou s určitou autoritou

« Asseyez-vous, vous tous, et écoutez-moi ! »

"Sadnite si všetci a počúvajte ma!"

« Je vais bientôt vous faire sécher à nouveau ! »

"Čoskoro vás všetkých opäť vysuším!"

Ils s'assirent tous en même temps, dans un grand cercle

Všetci si sadli naraz, do veľkého kruhu

et la petite souris s'assit au milieu

a myška sedela uprostred

« Hum ! » dit la souris d'un air important

"Ehm!" povedala myš s dôležitým výrazom

« Êtes-vous tous prêts ? »

"Ste všetci pripravení?"

« C'est la chose la plus sèche que je connaisse »

"Toto je tá najsuchšia vec, akú poznám"

« Silence tout autour, s'il vous plaît ! »

"Ticho všade naokolo, ak chcete!"

« Guillaume le Conquérant était favorisé par le pape »

"Viliam Dobyvateľ bol pápežom obľúbený"

« mais il fut bientôt soumis par les Anglais »

"ale čoskoro sa mu Angličania podriadili"

« Ils voulaient des leaders ces derniers temps »

"V poslednej dobe chceli lídrov"

« et ils avaient été habitués au pouvoir et à la conquête »

"a boli zvyknutí na moc a dobývanie"

« Edwin et Morcar, les comtes de Mercie et de Northumbrie »

"Edwin a Morcar, grófi z Mercie a Northumbrie"

« Pouah ! » dit l'oiseau lori, avec un frisson

"Fuj!" povedal vták lori a zachvel sa

« et même Stigand, l'archevêque patriote de Cantorbéry »

"a dokonca aj Stigand, vlastenecký arcibiskup z Canterbury"

« Il l'a également trouvé opportun »

"Tiež to považoval za vhodné"

« Qu'a-t-il trouvé à propos ? » dit le canard

"Čo považoval za vhodné?" spýtala sa kačica

— Il l'a trouvé opportun, répondit la souris d'un ton un peu contrarié

"Považoval to za vhodné," odpovedala myš dosť podráždene

Mais le canard n'était pas satisfait

ale kačica nebola spokojná

« **Bien sûr, vous savez ce que 'it' signifie** »

"Samozrejme, viete, čo znamená 'to'

« **Je sais ce que c'est quand je trouve quelque chose** », dit le canard

"Viem, čo je to, keď niečo nájdem," povedala kačica

« **C'est généralement une grenouille ou un ver** »

"Vo všeobecnosti je to žaba alebo červ"

« **La question est de savoir ce que l'archevêque a trouvé ?**

"Otázkou je, čo arcibiskup našiel?"

La souris n'a pas remarqué cette question

Myš si túto otázku nevšimla

Au lieu de cela, la souris continua précipitamment son discours

namiesto toho myš rýchlo pokračovala v reči

« **il a jugé opportun d'aller avec Edgar Atheling** »

"považoval za vhodné ísť s Edgarom Athelingom"

« **pour rencontrer Guillaume et lui offrir la couronne** »

"stretnúť sa s Viliamom a ponúknuť mu korunu"

la souris continua, se tournant vers Alice pendant qu'elle parlait

myš pokračovala a otočila sa k Alici, keď hovorila

« **Comment allez-vous maintenant, ma chère ?** »

"Ako sa ti darí, moja drahá?"

— **Aussi mouillée que jamais, dit Alice d'un ton mélancolique**

"Mokrá ako vždy," povedala Alica melancholickým tónom

« **Cette histoire n'a pas l'air de me tarir du tout** »

"Zdá sa, že tento príbeh ma vôbec nevysušuje"

— **Dans ce cas, dit solennellement le dodo en se levant**

"V tom prípade," povedal blbát slávnostne a vstal

« **Je vote pour l'ajournement de la séance** »

"Hlasujem za prerušenie schôdze"
« et je propose l'adoption immédiate de remèdes plus énergiques »
"a navrhujem okamžité prijatie energickejších prostriedkov"
« Dis des paroles vraies ! » dit l'aiglon
"Hovor skutočné slová!" povedal orlík
« Je ne connais pas le sens de la moitié de ces longs mots »
"Nepoznám význam polovice tých dlhých slov"
et, qui plus est, je ne crois pas que vous le sachiez non plus !
"A čo viac, neverím, že to viete ani vy!"
— Ce que j'allais dire, dit le dodo d'un ton offensé
"Čo som chcel povedať," povedal blbát urazeným tónom
« La meilleure chose à faire pour nous sécher serait une course au caucus »
"Najlepšia vec, ktorá nás dostane do sucha, by boli preteky v klube"
« Qu'est-ce qu'une course de caucus ? » demanda Alice
"Čo je to volebná rasa?" spýtala sa Alice

« Eh bien, » dit le dodo, « la meilleure façon de l'expliquer,
c'est de le faire »
"Nuž," povedal dront, "najlepší spôsob, ako to vysvetliť, je
urobiť to."
« D'abord, le dodo a tracé un parcours »
"Najprv dodo vyznačil dostihovú dráhu"
« La piste était dans une sorte de cercle »
"Skladba bola v akomsi kruhu"
« Et puis tout le groupe a été placé le long du parcours »
"A potom bola celá skupina umiestnená pozdĺž trati"
Il n'y avait pas de « Un, deux, trois et c'est parti ! »
Nebolo tam žiadne "Raz, dva, traja a preč!"
Mais ils ont commencé à courir quand ils voulaient
ale začali utekať, keď sa im zapáčilo
et ils finissaient aussi quand ils le voulaient
a tiež skončili, keď sa im zapáčilo
Il n'était donc pas facile de savoir quand la course était
terminée
Nebolo teda ľahké zistiť, kedy sa preteky skončili
Après environ une demi-heure de course, ils étaient tous
assez secs
asi po pol hodine behu boli všetky celkom suché
le dodo s'écria soudain : « La course est finie ! »
blbát zrazu zavolal: "Preteky sa skončili!"
Et ils se pressèrent tous autour du Dodo
A všetci sa tlačili okolo dronta
Tous les animaux haletaient et soufflaient
Všetky zvieratá lapali po dychu a fúkali
et tous voulaient savoir : « Mais qui a gagné ? »
a všetci chceli vedieť: "Ale kto vyhral?"
Le dodo ne pouvait pas répondre immédiatement à cette
question
Na túto otázku nedokázal blboun okamžite odpovedať
D'abord, il a dû beaucoup réfléchir
najprv musel veľa premýšľať
Après mûre réflexion, le dodo finit par parler
Po dlhom premýšľaní dodo konečne prehovoril

« Tout le monde a gagné, et tous doivent avoir des prix »
"Každý vyhral a všetci musia mať ceny"
« Mais qui doit donner les prix ? » demanda un chœur de voix
"Ale kto má dať ceny?" spýtal sa zbor hlasov
— Eh bien, elle, bien sûr, dit le dodo
"No, samozrejme, ona," povedal dront
et le dodo pointa d'un doigt vers Alice
a dodo ukázal jedným prstom na Alice
et toute la troupe des animaux se pressait autour d'elle
a celá skupina zvierat sa tlačila okolo nej
ils ont crié, d'une manière confuse : « Des prix ! Des prix !
zmätene volali: "Ceny! Ceny!"
Alice n'avait aucune idée de ce qu'elle devait faire
Alica netušila, čo má robiť
Désespérée, elle mit la main dans sa poche
V zúfalstve si strčila ruku do vrecka
Et elle en sortit une boîte de bonbons
a vytiahla škatuľku sladkostí
Heureusement, l'eau salée n'était pas entrée dans la boîte
Našťastie sa slaná voda nedostala do krabice
et elle a distribué les bonbons comme prix
a rozdávala sladkosti ako ceny
Il y avait exactement une pièce pour tout le monde
Bol tu presne jeden kus pre každého
La prochaine chose qu'ils devaient faire était de manger les bonbons
Ďalšia vec, ktorú museli urobiť, bolo zjesť sladkosti
Cela a causé du bruit et de la confusion
To spôsobilo určitý hluk a zmätok
Les grands oiseaux se plaignaient de ne pas pouvoir goûter leurs bonbons
veľké vtáky sa sťažovali, že nemôžu ochutnať svoje sladkosti
Les petits s'étouffaient et devaient être tapotés dans le dos
malé sa dusili a museli sa potľapkať po chrbte
Cependant, c'était enfin fini
Konečne však bolo po všetkom

Et ils se rassirent en cercle

a opäť si sadli do kruhu

et ils supplièrent la souris de leur dire quelque chose de plus

a prosili myš, aby im povedala ešte niečo

— Vous m'avez promis de me raconter votre histoire, vous savez, dit Alice

"Sľúbila si, že mi povieš svoju históriu, vieš," povedala Alica

et elle fit une autre petite remarque sur les chats à voix basse

a šepkom urobila ďalšiu malú poznámku o mačkách

Elle ne voulait pas offenser à nouveau la souris

Nechcela myš znova uraziť

la petite souris se tourna vers Alice et soupira

myška sa otočila k Alice a vzdychla si.

« Ma conte est long et triste ! »

"Môj príbeh je dlhý a smutný!"

— C'est une longue queue, certainement, dit Alice

"Je to určite dlhý chvost," povedala Alica

et elle baissa les yeux avec étonnement sur la queue de la souris

a s úžasom pozrela na myšin chvost

« Mais pourquoi appelez-vous cela une queue triste ? »

"Ale prečo to nazývate smutným chvostom?"

Et elle n'arrêtait pas de s'interroger à ce sujet pendant que la souris parlait

A stále si o tom lámala hlavu, zatiaľ čo myš hovorila

de sorte que son idée de l'histoire était quelque chose comme ceci

takže jej predstava o príbehu bola asi taká

                    "Fury said to
                  a mouse, That
                 he met in the
                  house, 'Let
                   us both go
                    to law: *I*
                    will prosecute
                    you.——
                     Come, I'll
                   take no denial:
                  We must have
                   the trial;
                 For really
               this morning
             I've
           nothing
           to do.'
             Said the
               mouse to
                 the cur,
                  'Such a
                   trial, dear
                    sir, With
                      no jury
                       or judge,
                        would
                        be wasting
                       our
                    breath.'
                   'I'll be
                  judge,
                I'll be
              jury,'
             said
            cunning
             old
               Fury;
                'I'll
                  try
                    the
                     whole
                       cause,
                       and
                      condemn
                     you to
                  death.'"

Fury dit à une souris : Qu'il s'est rencontré dans la maison.
Zúrivosť povedala myši: "Že sa stretol v dome"
Allons tous les deux en justice, je vous poursuivrai
Poďme obaja na súd: Budem vás stíhať
**Allons, je n'accepterai aucun démenti : il faut que nous
fassions l'épreuve**
Poďte, nebudem popierať: Musíme mať súd
Car vraiment ce matin je n'ai rien à faire
Pretože dnes ráno naozaj nemám čo robiť
Dit la souris au maudit ;

Povedala myš kliatbe;
Un tel procès, cher monsieur, sans jury ni juge, nous ferait perdre notre souffle
Takýto proces, drahý pane, bez poroty alebo sudcu by nám plytval dychom
« Je serai juge, je serai jury », dit le vieux rusé Fury
"Budem sudcom, budem porotcom," povedal prefíkaný starý Fury
Je vais juger toute la cause, et je vous condamnerai à mort
Skúsim celú vec a odsúdim ťa na smrť
la souris parla sévèrement à Alice
myš prehovorila prísne k Alice
« Tu ne fais pas attention ! »
"Nevenuješ pozornosť!"
« À quoi pensez-vous ? »
"Na čo myslíš?"
— Je vous demande pardon, dit Alice très humblement
"Prepáčte," povedala Alica veľmi pokorne
« Tu étais arrivé au cinquième virage, je crois ? »
"Myslím, že ste sa dostali do piatej zákruty?"
« Vous m'insultez en disant de telles bêtises ! »
"Urážate ma tým, že hovoríte také nezmysly!"
Et la souris se leva et s'éloigna
a myš vstala a odišla
Alice appela la petite souris
Alica zavolala na malú myšku
« S'il vous plaît, revenez et terminez votre histoire ! »
"Prosím, vráťte sa a dokončite svoj príbeh!"
Et les autres se joignirent tous en chœur
A všetci ostatní sa pripojili v zbore
« Oui, s'il vous plaît, terminez votre histoire ! »
"Áno, prosím, dokončite svoj príbeh!"
Mais la souris se contenta de secouer la tête avec impatience
Ale myš len netrpezlivo pokrútila hlavou
et la petite souris marchait un peu plus vite
a myška kráčala o niečo rýchlejšie
« Je voudrais bien avoir Dinah, notre chat, ici ! » dit Alice

"Kież by som tu mala Dinah, našu mačku!" povedala Alica
Cela provoqua une sensation remarquable parmi le parti
To vyvolalo v strane pozoruhodnú senzáciu
Quelques-uns des oiseaux se hâtèrent de s'éloigner
Niektoré vtáky sa okamžite ponáhľali preč
et un canari appela d'une voix tremblante ses enfants ;
a kanárik zavolal trasúcim sa hlasom na svoje deti;
« Allez-vous-en, mes chères ! »
"Poďte preč, moji drahí!"
« Il est grand temps que vous soyez tous au lit ! »
"Je najvyšší čas, aby ste boli všetci v posteli!"
Avec diverses excuses, ils sont tous partis
s rôznymi výhovorkami všetci odišli
et Alice se retrouva bientôt seule
a Alica čoskoro zostala sama
« J'aurais aimé ne pas avoir mentionné Dinah ! »
"Prial by som si, aby som nespomenul Dinah!"
« Personne n'a l'air de l'aimer ici »
"Zdá sa, že ju tu dole nikto nemá rád"
« Mais je suis sûr que c'est la meilleure chatte du monde ! »
"Ale som si istý, že je to najlepšia mačka na svete!"
La pauvre Alice se remit à pleurer
Úbohá Alica začala opäť plakať
parce qu'elle se sentait très seule et déprimée
pretože sa cítila veľmi osamelá a skľúčená
Au bout de peu de temps, cependant, elle entendit de nouveau quelque chose
O chvíľu však opäť niečo počula
un petit bruit de pas au loin
malé dupot krokov v diaľke
et elle leva les yeux avec impatience
a dychtivo zdvihla zrak

C'était le lapin blanc, qui revenait lentement au trot
Bol to biely králik, ktorý pomaly klusal späť
Il regardait anxieusement autour de lui en chemin
Úzkostlivo sa rozhliadol, keď išiel
Il avait l'air d'avoir perdu quelque chose
Vyzeral, akoby niečo stratil
Alice l'entendit marmonner pour lui-même
Alica ho počula mrmlať si pre seba
— La duchesse ! La Duchesse ! Oh, mes chères pattes !
"Vojvodkyňa! Vojvodkyňa! Ach, moje drahé labky!"
« Oh, ma fourrure et mes moustaches ! »
"Ach, moja srsť a fúzy!"
« Elle va me faire exécuter, j'en suis sûr »
"Nechá ma popraviť, tým som si istý"
« Aussi sûr que les furets sont des furets ! »
"Práve tak isté, ako sú fretky fretkami!"
« Où ai-je pu laisser tomber mes affaires, je me demande ? »
"Zaujímalo by ma, kde som mohol nechať svoje veci?"

Alice devina en un instant ce qu'il cherchait
Alica v okamihu uhádla, čo hľadá
Il cherchait l'éventail de plumes
Hľadal vejár z peria
et il cherchait la paire de gants blancs
a hľadal pár bielych rukavíc
Elle se mit donc très gentiment à chercher les gants
A tak veľmi dobromyseľne začala hľadať rukavice
Et elle chercha aussi l'éventail de plumes
a hľadala aj vejár z peria
Mais les gants et l'éventail de plumes étaient introuvables
ale rukavice a vejár z peria neboli nikde vidieť
Tout semblait avoir changé depuis sa baignade dans la piscine
Zdalo sa, že všetko sa zmenilo od jej plávania v bazéne
Rien n'était pareil depuis qu'elle était dans la grande salle
Nič nebolo ako predtým, odkedy bola vo Veľkej sieni
et la table de verre avait disparu
a sklenený stôl zmizol,
Et la petite porte n'était pas là non plus
A malé dvierka tam tiež neboli
Très vite, le lapin remarqua Alice
Veľmi skoro si králik všimol Alice
Il l'appela d'un ton furieux
Zavolal na ňu nahnevaným tónom
« Mary Ann, que fais-tu ici ? »
"Mary Ann, čo tu robíš?"
« Rentre chez toi à l'instant même »
"V tejto chvíli utečte domov"
« Et apporte-moi une paire de gants et un éventail de plumes ! »
"A prines mi rukavice a vejár z peria!"
« Et faites vite ! »
"A ponáhľaj sa!"
Alice se parlait à elle-même en s'enfuyant
Alica hovorila sama pre seba, keď utekala
— Il a dû me prendre pour sa femme de chambre !

"Musel si ma pomýliť so svojou slúžkou!"

« Comme il sera surpris quand il découvrira qui je suis ! »

"Aký bude prekvapený, keď zistí, kto som!"

En disant cela, elle tomba sur une petite maison soignée

Keď to povedala, narazila na úhľadný domček

Sur la porte de la maison se trouvait une plaque de laiton brillant

Na dverách domu bola svetlá mosadzná doska

« W. LAPIN »

"W. KRÁLIK"

Elle entra sans frapper à la porte

Vošla dnu bez toho, aby zaklopala na dvere

et elle se hâta de monter l'escalier

a ponáhľala sa rovno hore

elle craignait de rencontrer la vraie Mary Ann

bála sa, že by mohla stretnúť skutočnú Mary Ann

parce qu'alors elle serait chassée de la maison

Pretože potom by ju vyhnali z domu

et elle ne pourrait pas trouver l'éventail de plumes et les gants

a nebola by schopná nájsť vejár z peria a rukavice

Alice s'était frayé un chemin dans une petite pièce bien rangée

Alica si našla cestu do upratanej malej izby

Dans la pièce, il y avait une table près de la fenêtre

V izbe bol stôl pri okne

et sur la table, il y avait un éventail de plumes

a na stole bol vejár z peria

et il y avait deux ou trois paires de petits gants blancs

a boli tam dva alebo tri páry malých bielych rukavíc

Elle ramassa l'éventail en plumes et une paire de gants

Zdvihla vejár z peria a pár rukavíc

et elle allait quitter la pièce

a práve sa chystala opustiť miestnosť

mais alors ses yeux tombèrent sur une petite bouteille

ale potom jej oči padli na malú fľaštičku

Elle déboucha la bouteille et la porta à ses lèvres

Odzátkovala fľašu a priložila si ju k perám
« J'espère que cela me fera redevenir grand »
"Dúfam, že ma to opäť prinúti vyrásť"
« J'en ai marre d'être une toute petite chose ! »
"Som unavený z toho, že som taká maličkosť!"
Alice avait à peine bu la moitié de la bouteille
Alica vypila sotva polovicu fľaše
Sa tête était déjà appuyée contre le plafond
hlava jej sa už tlačila na strop
et elle dut se baisser
a musela sa skloniť
pour sauver son cou d'être brisé
aby si zachránila krk pred zlomením
Elle posa précipitamment la bouteille
Rýchlo odložila fľašu
« C'est bien assez »
"To je celkom dosť"
« J'espère que je ne grandirai plus »
"Dúfam, že už nebudem rásť"
Hélas! Il était trop tard pour souhaiter cela !
Bohužiaľ! Bolo príliš neskoro si to želať!
Elle n'a cessé de grandir
Rástla a rástla
et très vite elle dut s'agenouiller sur le sol
a veľmi skoro si musela kľaknúť na zem
Et même alors, elle a continué à grandir
a aj vtedy rástla
Comme dernière ressource, elle passa un bras par la fenêtre
Ako posledný zdroj vystrčila jednu ruku z okna
et elle mit un pied dans la cheminée
a vystrčila jednu nohu do komína
« Maintenant, je ne peux plus faire, quoi qu'il arrive »
"Teraz už nemôžem urobiť viac, nech sa stane čokoľvek"
« Que vais-je devenir ? »
"Čo sa so mnou stane?"

Alice a eu un peu de chance
Alice mala šťastie
La petite bouteille magique avait fait son plein effet
Malá kúzelná fľaštička mala svoj plný účinok
et Alice ne grandit pas plus qu'elle n'était
a Alica nerástla, ako bola
Au bout de quelques minutes, elle entendit une voix à l'extérieur
Po niekoľkých minútach začula vonku hlas
et elle s'arrêta pour écouter la voix
a zastavila sa, aby počúvala hlas
« Mary Ann ! Mary Ann ! dit la voix
"Mary Ann! Mary Ann!" povedal hlas
« Apporte-moi mes gants tout de suite ! »
"Prines mi teraz moje rukavice!"
Puis vint un petit claquement de pieds dans l'escalier
Potom sa ozvalo malé dupot nôh na schodoch
Alice savait que c'était le lapin qui venait la chercher
Alica vedela, že je to králik, ktorý ju prichádza hľadať
et elle trembla jusqu'à faire trembler la maison

a triasla sa, až otriasla domom
elle oublia tout à fait quelles étaient ses proportions
Celkom zabudla, aké sú jej proporcie
Elle était mille fois plus grosse que le lapin
bola tisíckrát väčšia ako králik
et elle n'avait aucune raison d'avoir peur d'un lapin
a nemala dôvod báť sa králika
Bientôt le lapin s'approcha de la porte
O chvíľu králik prišiel k dverám
et le petit lapin essaya d'ouvrir la porte
a malý králik sa pokúsil otvoriť dvere
La porte a commencé à s'ouvrir vers l'intérieur
dvere sa začali otvárať dovnútra
mais le coude d'Alice était fortement appuyé contre la porte
ale Alicin lakeť bol silno pritlačený k dverám
Cette tentative s'est avérée un échec
tento pokus sa ukázal ako neúspešný
Alice entendit le lapin se parler à lui-même
Alica počula králika hovoriť sám k sebe
« Ensuite, je vais faire le tour et entrer par la fenêtre »
"Potom pôjdem okolo a dostanem sa dnu cez okno"
« Que tu ne le feras pas ! » pensa Alice
"To nebudete!" pomyslela si Alica
Et elle attendit encore un peu
a zase chvíľu čakala
Bientôt, elle entendit le lapin juste sous la fenêtre
čoskoro začula králika tesne pod oknom
Elle étendit soudain la main
Zrazu roztiahla ruku
et elle fit une prise en l'air
a vytrhla sa do vzduchu
Elle n'a rien attrapé
Nič sa jej nepodarilo
mais elle entendit un petit cri et une chute
ale počula malý výkrik a pád
et elle entendit un fracas de verre brisé
a počula buchnutie rozbitého skla

Peut-être le lapin était-il tombé
Možno zajac spadol
Peut-être était-il dans une serre
možno bol v skleníku
Puis vint une voix en colère ; La voix du lapin
Potom sa ozval nahnevaný hlas; Králiči hlas
« Pat, où es-tu ? »
"Pat, kde si?"
Et puis vint une voix qu'elle n'avait jamais entendue auparavant
A potom sa ozval hlas, ktorý nikdy predtým nepočula
« Votre honneur, je suis là ! »
"Vaša ctihodnosť, som tu!"
« Je creuse pour trouver des pommes »
"Kopem jablká"
« Ici ! Venez m'aider à m'en sortir !
"Tu! Poď a pomôž mi z toho vstať!"
« Maintenant, dis-moi, Pat, qu'est-ce qu'il y a dans la fenêtre ? »
"Teraz mi povedz, Pat, čo je to v okne?"
« Bien sûr, Votre Honneur, je vais vous le dire »
"Iste, vaša ctihodnosť, poviem vám"
« C'est un bras qui est dans la fenêtre ! »
"Je to ruka, ktorá je v okne!"
« Eh bien, un bras n'a rien à faire là-bas »
"No, ruka tam nemá čo robiť"
« Va et enlève le bras ! »
"Choď a vezmi ruku preč!"
Il y eut un long silence après cela
Potom nastalo dlhé ticho
et Alice n'entendait que des chuchotements de temps en temps
a Alica len občas počula šepot
et enfin elle étendit de nouveau la main
a nakoniec opäť roztiahla ruku
et elle fit une autre arrachée dans les airs
a urobila ďalšie trhnutie vo vzduchu

Cette fois, il y eut deux petits cris
Tentoraz sa ozvali dva malé výkriky
et il y avait d'autres bruits de verre brisé
a bolo počuť ďalšie zvuky rozbitého skla
« Je me demande ce qu'ils vont faire ensuite ! » pensa Alice
"Som zvedavá, čo urobia ďalej!" pomyslela si Alica
« J'aimerais qu'ils me tirent par la fenêtre »
"Prial by som si, aby ma vytiahli z okna"
Elle attendit un certain temps
Chvíľu čakala
Mais pendant un moment, elle n'entendit plus rien
ale chvíľu už nič nepočula
Enfin, il y eut un grondement de petites roues
Konečne sa ozvalo dunenie malých koliesok
et il y eut le son d'un bon nombre de voix
a ozvalo sa veľa hlasov
Toutes les voix parlaient ensemble
Všetky hlasy sa rozprávali spolu
Elle pouvait distinguer certaines des paroles
Dokázala rozoznať niektoré slová
« Où est l'autre échelle ? »
"Kde je druhý rebrík?"
« Bill a l'autre échelle »
"Bill má druhý rebrík"
« Bill, viens ici ! »
"Bill, poď sem!"
« Le toit va-t-il supporter le fardeau ? »
"Unesie strecha bremeno?"
« Qui veut descendre par la cheminée ? »
"Kto chce ísť dole komínom?"
— Non, je ne le ferai pas ! Vous le faites !
"Nie, nebudem! Urob to!"
« Tiens, Bill ! »
"Tu, Bill!"
« Le maître dit qu'il faut descendre par la cheminée ! »
"Majster hovorí, že musíš ísť komínom!"
Alice descendit son pied aussi loin qu'elle le put dans la

cheminée

Alica stiahla nohu dolu komínom tak ďaleko, ako len mohla

Et puis elle attendit de voir ce qui allait arriver

a potom čakala, čo príde

Elle entendit un petit animal gratter et se débattre

Počula malé zviera škriabať sa a šplhať

Le petit animal doit être dans la cheminée

Malé zviera musí byť v komíne

Puis elle donna un coup de pied sec

Potom dala jeden ostrý kopanec

et elle attendit de voir ce qui allait se passer ensuite

a čakala, čo sa bude diať ďalej

Elle entendit un chœur général de voix

Počula všeobecný zbor hlasov

« Voilà Bill ! » dirent-ils tous

"Odchádza Bill!" povedali všetci

Puis elle entendit la voix du lapin seule

Potom počula zajradí hlas sám

« Toi par la haie, attrape-le ! »

"Ty pri živom plote, chyť ho!"

Il y eut un autre moment de silence

Nastala ďalšia chvíľa ticha

Et puis il y eut une autre confusion de voix

a potom nastal ďalší zmätok hlasov

« Lève la tête, Brandy »

"Zdvihni mu hlavu, Brandy"

« Attention à ne pas l'étouffer »

"Dávajte si pozor, aby ste ho neudusili"

« Qu'est-ce qui t'est arrivé ? »

"Čo sa ti stalo?"

Enfin, une petite voix faible et grinçante est apparue

Posledný sa ozval slabý, vŕzgavý hlas

« Eh bien, je n'en sais presque pas plus »

"No, už to neviem"

« merci à tous, je vais mieux maintenant »

"Ďakujem vám všetkým, teraz je mi lepšie"

« il y a une chose dont je peux me souvenir »

"je jedna vec, ktorú si pamätám"
« Quelque chose vient à moi comme un train dans un tunnel »
"Niečo na mňa prichádza ako vlak v tuneli"
« Et je vole comme une fusée ! »
"A ja letím hore ako raketa!"
Il y eut une minute ou deux de silence
Bola minúta alebo dve ticha
puis ils ont recommencé à se déplacer
a potom sa začali opäť pohybovať
et Alice entendit de nouveau le Lapin parler
a Alica počula Králika opäť hovoriť
« Une brouette fera l'affaire, pour commencer »
"Na začiatok bude stačiť mohyla"
« Une brouette pleine de quoi ? » pensa Alice
"Kopec čoho?" pomyslela si Alica
Mais elle ne fut pas tenue en suspens longtemps
Ale nebola dlho držaná v napätí
Une pluie de petits cailloux est passée par la fenêtre
Cez okno prišla spŕška malých kamienkov
et quelques petits cailloux l'ont frappée au visage
a niektoré z malých kamienkov ju zasiahli do tváre
Alice fut surprise par les petits cailloux
Alica bola prekvapená malými kamienkami
Tous les petits cailloux se transformaient en gâteaux
všetky malé kamienky sa menili na koláče
et une idée lumineuse lui vint à l'esprit
a v hlave jej prišiel skvelý nápad
« Je devrais manger un de ces gâteaux »
"Mal by som zjesť jeden z týchto koláčov"
« Le gâteau ne manquera pas de faire changer ma taille »
"Torta určite zmení moju veľkosť"
Alors elle a avalé l'un des gâteaux
Tak prehltla jeden z koláčov
et elle fut ravie de constater qu'elle commençait à rétrécir
a potešilo ju, keď zistila, že sa začala zmenšovať
Bientôt, elle fut assez petite pour franchir la porte

čoskoro bola dosť malá na to, aby prešla dverami
Elle s'est enfuie de la maison
Vybehla z domu
Une foule de petits animaux et d'oiseaux attendaient dehors
Vonku čakal dav malých zvierat a vtákov
tous les petits oiseaux et les petits animaux se précipitèrent sur Alice
všetky malé vtáčiky a zvieratká sa vrhli na Alice
Mais elle s'enfuit aussi vite qu'elle le put
ale utiekla tak rýchlo, ako len mohla
et bientôt elle se trouva en sécurité dans un bois épais
a čoskoro sa ocitla v bezpečí v hustom lese
Alice errait dans les bois
Alica sa túlala po lese
Et elle pensa en elle-même :
a pomyslela si:
« Je sais ce que je dois faire en premier »
"Viem, čo musím urobiť ako prvé"
« Je dois d'abord grandir à ma bonne taille »
"najprv musím opäť narásť do správnej veľkosti"
« et puis je dois trouver mon chemin dans ce joli jardin »
"a potom si musím nájsť cestu do tej krásnej záhrady"
« Je suppose que je devrais manger ou boire quelque chose ou autre »
"Myslím, že by som mal niečo zjesť alebo vypiť"
« Mais la question est de savoir ce que je dois manger ou boire ? »
"ale otázka znie, čo mám jesť alebo piť?"
Alice regarda tout autour d'elle les fleurs
Alica sa pozrela všade okolo seba na kvety
et elle regarda à travers les brins d'herbe
a pozrela sa cez steblá trávy
mais elle ne voyait rien à manger ni à boire
ale nevidela nič na jedenie ani pitie
Rien ne semblait être la bonne chose à manger ou à boire
nič nevyzeralo ako správna vec na jedenie alebo pitie
Il y avait un gros champignon qui poussait près d'elle

Neďaleko nej rástla veľká huba
le champignon était à peu près de la même taille qu'Alice
huba bola približne rovnako vysoká ako Alice
Elle s'étira sur la pointe des pieds
Natiahla sa na špičkách
Et elle jeta un coup d'œil par-dessus le bord du champignon
a nazrela cez okraj huby
**Ses yeux rencontrèrent immédiatement les yeux d'une
grande chenille bleue**
jej oči sa okamžite stretli s očami veľkej modrej húsenice
La chenille était assise sur le sommet du champignon
Húsenica sedela na vrchole huby
et la chenille avait croisé tous ses bras
a húsenica mu prekrížila všetky ruky
et il fumait tranquillement un long narguilé
a potichu fajčil dlhú vodnú fajku
et il ne faisait pas la moindre attention à rien
a nič si ani v najmenšom nevšímal
et il n'a certainement pas fait attention à Alice
a určite nevenoval pozornosť Alice

Les conseils d'une chenille
Rada od húsenice

Finalement, la chenille a retiré le narguilé de sa bouche
Konečne húsenica vytiahla vodnú fajku z úst
et il s'adressa à Alice d'une voix languissante et endormie
a oslovil Alicu malátnym, ospalým hlasom
« Qui es-tu ? » demanda la chenille
"Kto si?" spýtala sa húsenica

Alice a répondu, plutôt timidement : « Je sais à peine, monsieur. »
Alica odpovedala, dosť hanblivo: "Sotva viem, pane."
« Juste pour le moment, c'est un peu... »
"Len v tejto chvíli je to všetko trochu..."
« Je sais qui j'étais quand je me suis levé ce matin" »
"Viem, kto som bol, keď som dnes ráno vstal."
« mais je pense que j'ai dû changer plusieurs fois depuis »
"ale myslím, že som sa odvtedy musel niekoľkokrát zmeniť"
« Qu'est-ce que tu veux dire par là ? » dit la chenille
"Čo tým myslíte?" spýtala sa húsenica
sévèrement, la chenille lui demanda de s'expliquer

Húsenica ju prísne požiadala, aby sa vysvetlila
— Je ne peux pas m'expliquer, j'en ai peur, monsieur, dit
Alice
"Obávam sa, že sa neviem vysvetliť, pane," povedala Alica
« parce que je ne suis pas moi-même »
"pretože nie som sám sebou"
« Vous voyez, être de tant de tailles différentes en une
journée, c'est très déroutant »
"Vidíte, mať toľko rôznych veľkostí za deň je veľmi mätúce"
Elle se redressa et dit très gravement :
Vytiahla sa a povedala veľmi vážne:
« Je pense que tu devrais me dire qui tu es, en premier »
"Myslím, že by si mi mal najprv povedať, kto si."
« Pourquoi ? » demanda la chenille
"Prečo?" spýtala sa húsenica
Alice ne voyait aucune bonne raison
Alica nevedela vymyslieť žiadny dobrý dôvod
et la chenille semblait être dans un état d'esprit très
désagréable
a húsenica sa zdala byť vo veľmi nepríjemnom duševnom
stave
alors elle s'en retourna
a tak sa odvrátila
« Reviens ! » la chenille l'appela
"Vráť sa!" zavolala za ňou húsenica
« J'ai quelque chose d'important à dire ! »
"Chcem povedať niečo dôležité!"
Alice se retourna et revint
Alica sa otočila a vrátila sa
« Garde ton sang-froid », dit la chenille
"Zachuj si nervy," povedala húsenica
— C'est tout ? dit Alice
"To je všetko?" spýtala sa Alice
Et elle ravala sa colère de son mieux
a prehltla svoj hnev, ako najlepšie vedela
« Non, » dit la chenille
"Nie," povedala húsenica

La chenille déplia ses bras
Húsenica rozložila ruky
Et il retira le narguilé de sa bouche
a znova vytiahol vodnú fajku z úst
et il a dit : « Vous pensez donc que vous avez changé, n'est-ce pas ? »
a on povedal: "Takže si myslíš, že si sa zmenil, však?"
— J'ai peur, je suis changée, monsieur, dit Alice
"Obávam sa, že som sa zmenila, pane," povedala Alica
« Je ne me souviens plus des choses comme je m'en souvenais »
"Nepamätám si veci tak, ako som si ich pamätala"
« et je ne reste pas plus de dix minutes de la même taille ! »
"A ja nezostanem rovnakej veľkosti dlhšie ako desať minút!"
« Quelle taille veux-tu faire ? » demanda la chenille
"Akú veľkosť chceš mať?" spýtala sa húsenica
— Oh, ma taille ne me dérange pas particulièrement, répondit vivement Alice
"Ach, nezáleží mi na tom, akú mám veľkosť," odpovedala Alice rýchlo
« Je n'aime pas changer de taille si souvent, vous savez »
"Vieš, nerád tak často mením veľkosť."
« J'aimerais être un peu plus grand, monsieur »
"Chcel by som byť trochu väčší, pane"
— Si cela ne vous dérange pas, ajouta Alice
"Ak by vám to nevadilo," dodala Alice
« Dix centimètres, c'est une taille si misérable »
"Desať centimetrov je taká úbohá výška"
« C'est une très bonne hauteur en effet ! » dit la chenille avec colère
"Je to naozaj veľmi dobrá výška!" povedala húsenica nahnevane
et il se redressa tout en parlant
a on sa vzpriamil, keď hovoril,
Il mesurait exactement dix centimètres de haut
bol vysoký presne desať centimetrov
Au bout d'une minute ou deux, la chenille s'est détachée du

champignon
O minútu alebo dve húsenica zostúpila z huby
et il s'enfonça en rampant dans l'herbe
a odplazil sa do trávy
En s'éloignant, il fit quelques petites remarques
Keď odchádzal, urobil niekoľko malých poznámok
« Un côté vous fera grandir »
"Jedna strana vás zvýši"
« Et l'autre côté te fera rapetisser »
"A druhá strana ťa skráti"
« Un côté de quoi ? » pensa Alice en elle-même
"Jedna strana čoho?" pomyslela si Alica pre seba
« L'autre côté de quoi ? »
"Druhá strana čoho?"
« Le côté du champignon », dit la chenille
"Na stranu huby," povedala húsenica
C'était comme si elle avait posé sa question à haute voix
bolo to, akoby sa nahlas spýtala
et un instant plus tard, il fut hors de vue
a o chvíľu zmizol z dohľadu
Alice resta pensivement à regarder le champignon
Alica zostala zamyslene hľadiac na hubu
**Elle essayait de distinguer quels étaient les deux côtés du
champignon**
snažila sa rozoznať, ktoré sú dve strany huby
Enfin, elle étendit ses bras autour du champignon
Nakoniec roztiahla ruky okolo huby
Et elle cassa un peu les bords
a odlomila kúsok hrán
« Et maintenant, de quel côté est-ce ? » se dit-elle
"A teraz, ktorá strana je ktorá?" povedala si
et elle grignota un peu du mors de la main droite
a trochu si zahryzla do pravej ruky
**L'instant d'après, elle sentit un violent coup sous son
menton**
V ďalšej chvíli pocítila prudký úder pod bradou
Son menton avait heurté son pied !

brada jej udrela do nohy!
Elle fut bien effrayée par ce changement très soudain
Bola veľmi vystrašená touto veľmi náhlou zmenou
Elle rétrécissait très rapidement
veľmi rýchlo sa zmenšovala
Alors elle a rapidement mangé un peu de l'autre morceau de champignon
Takže rýchlo zjedla ďalší kúsok huby
Son menton était très serré contre son pied
Brada mala veľmi tesne pritlačenú k nohe
Il y avait à peine de la place pour ouvrir la bouche
sotva bolo miesto na otvorenie úst
mais elle parvint enfin à ouvrir la bouche
ale nakoniec sa jej podarilo otvoriť ústa
et elle avala un morceau du mors de la main gauche
a prehltla kúsok kúska ľavej ruky
« Ma tête a enfin été libérée ! » dit Alice
"moja hlava sa konečne uvoľnila!" povedala Alica
Elle baissa les yeux sur elle-même
Pozrela sa na seba
mais tout ce qu'elle pouvait voir, c'était une immense longueur de cou
ale všetko, čo videla, bol obrovský krk
Son cou semblait se dresser comme une tige
Zdalo sa, že jej krk sa dvíha ako stopka
et elle baissa les yeux sur une mer de feuilles vertes
a pozrela sa dolu na more zeleného lístia
« Où sont passées mes épaules ? »
"Kam sa dostali moje ramená?"
« Et oh, mes pauvres mains, comment se fait-il que je ne puisse pas vous voir ? »
"A ach, moje úbohé ruky, ako to, že ťa nevidím?"
Mais son cou avait un avantage
ale jej krk mal jednu výhodu
Elle pouvait bouger la tête dans n'importe quelle direction
mohla pohnúť hlavou akýmkoľvek smerom
En fait, elle était comme un serpent

v skutočnosti bola ako had
Elle zigzague gracieusement, la tête baissée
elegantne kľukatila hlavu dole
et elle remua la tête à travers les arbres
a pohybovala hlavou medzi stromami
Mais elle entendit alors un sifflement aigu
ale potom začula ostré syčanie
Et elle tira rapidement la tête en arrière
a rýchlo odtiahla hlavu dozadu
Un gros pigeon lui avait volé au visage
do tváre jej vletel veľký holub
et le pigeon était violemment avec ses ailes
a holub prudko zasiahol krídlami

« Serpent ! » cria le pigeon
"Had!" zvolal holub
« Je ne suis pas un serpent ! » dit Alice avec indignation
"Nie som had!" povedala Alica rozhorčene
« Laisse-moi tranquille ! »
"Nechaj ma na pokoji!"
« J'ai essayé les racines des arbres »

"Vyskúšal som korene stromov"
— **Et j'ai essayé des haies, continua le pigeon**
"A skúsil som živé ploty," pokračoval holub
« Mais ces serpents ! Il n'y a pas moyen de leur plaire !
"Ale tie hady! Nedá sa im potešiť!"
Alice était de plus en plus perplexe
Alica bola čoraz viac zmätená
« Comme si ce n'était pas assez compliqué de faire éclore les œufs », a déclaré le pigeon
"Akoby to nebolo dosť ťažkostí s vyliahnutím vajec," povedal holub
« Nuit et jour, je dois aussi faire attention aux serpents ! »
"Vo dne v noci musím dávať pozor aj na hady!"
« Je venais de trouver l'arbre le plus haut de la forêt »
"Práve som našiel najvyšší strom v lese"
« Je serais sûrement libre des serpents ici ? »
"Určite by som tu bol bez hadov?"
« Et un serpent sort du ciel ! »
"A vyjde had z neba!"
« Mais je ne suis pas un serpent, je vous le dis ! » dit Alice
"Ale ja nie som had, hovorím vám!" povedala Alica
"Je suis un... Je suis un... Je suis une petite fille, ajouta-t-elle d'un air un peu dubitatif
"Som... Som ... Som malé dievčatko," dodala dosť pochybovačne
Après tout, elle avait traversé beaucoup de changements
Koniec koncov, prešla mnohými zmenami
« Tu cherches des œufs », dit le pigeon
"Hľadáš vajcia," povedal holub
« Je le sais pertinemment »
"Viem to s istotou"
« Et qu'importe que vous soyez une petite fille ou un serpent ? »
"A čo na tom, či si malé dievčatko alebo had?"
— Cela m'importe beaucoup, dit Alice à la hâte
"Na tom mi veľmi záleží," povedala Alica rýchlo
« mais je ne cherche pas d'œufs, en l'occurrence »

"ale nehľadám vajíčka, ako to už býva"
« et je ne voudrais pas de tes œufs de toute façon »
"a aj tak by som nechcel tvoje vajíčka"
« Je n'aime pas mes œufs crus »
"Nemám rád svoje vajcia surové"
« Eh bien, allez-vous-en ! » dit le pigeon d'un ton boudeur
"Nuž, odíďte!" povedal holub mrzutým tónom
et le pigeon se posa de nouveau dans son nid
a holub sa opäť usadil vo svojom hniezde
Alice s'accroupit parmi les arbres du mieux qu'elle put
Alice sa krčila medzi stromy, ako najlepšie vedela
Son cou ne cessait de s'emmêler parmi les branches
jej krk sa stále zamotával medzi konáre
De temps en temps, elle devait s'arrêter et se tordre le cou
každú chvíľu sa musela zastaviť a vykrútiť krk
Au bout d'un moment, elle se souvint du champignon
Po chvíli si spomenula na hubu
Elle tenait toujours les morceaux de champignon dans ses
mains
stále držala kúsky húb v rukách
et elle se mit à l'œuvre avec beaucoup de soin
a pustila sa do práce veľmi opatrne
D'abord, elle a grignoté un morceau
Najprv zahryzla do jedného kusu
puis elle grignota l'autre morceau
a potom zahryzla do druhého kúska
Parfois, elle grandissait
niekedy vyrástla
et parfois elle devenait plus petite
a niekedy bola kratšia
Mais finalement, elle a atteint sa taille habituelle
ale nakoniec dosiahla svoju obvyklú výšku
Elle n'avait pas été de sa taille depuis un certain temps
už nejaký čas nebola svojou vlastnou výškou
Tout m'a semblé étrange pendant un moment
Takže všetko sa chvíľu zdalo zvláštne
« La prochaine chose à faire est d'entrer dans ce beau

jardin »
"Ďalšia vec, ktorú musíte urobiť, je dostať sa do tej krásnej záhrady"
« Comment cela se fera-t-il, je me demande ? »
"Ako sa to má urobiť, zaujímalo by ma?"
En disant cela, elle tomba sur un endroit ouvert
Keď to povedala, narazila na otvorené miesto
Il y avait une petite maison, un peu plus haute qu'un mètre
Bol tam malý domček, o niečo vyšší ako meter
« Je me demande qui habite cette petite maison »
"Zaujímalo by ma, kto býva v tomto malom domčeku"
« Je ne peux certainement pas y aller aussi grand que je le suis »
"Určite nemôžem ísť taký veľký, ako som"
« Je les effrayerais terriblement ! »
"Strašne by som ich vystrašila!"
alors elle grignota à nouveau le petit champignon
a tak znova zahŕňala malú hubu
et bientôt elle s'abaissa de trente centimètres
a čoskoro sa znížila o tridsať centimetrov

<h1 style="text-align:center">Un cochon et du poivre</h1>

Prasa a trochu korenia

Pendant une minute ou deux, elle resta à regarder la maison

Minútu alebo dve stála a pozerala sa na dom

Soudain, un valet de pied sortit en courant des bois

Zrazu z lesa vybehol lokaj

Il portait un uniforme de livrée spécial

mal na sebe špeciálnu uniformu

à en juger par son seul visage, elle l'aurait traité de poisson

súdiac len podľa jeho tváre, nazvala by ho rybou

et il frappa bruyamment à la porte avec ses jointures

a hlasno zaklopal na dvere kĺbmi

La porte fut ouverte par un autre valet de pied

dvere otvoril ďalší lokaj

Ce valet de pied portait également une livrée spéciale

Aj tento lokaj mal na sebe špeciálnu livreju

Ce valet de pied avait un visage rond et de grands yeux comme une grenouille

Tento lokaj mal okrúhlu tvár a veľké oči ako žaba

C'est le valet de pied qui ressemblait à un poisson qui a
initié la cérémonie
Obrad inicioval lokaj, ktorý vyzeral ako ryba
Il sortit quelque chose de sous son bras
Vytiahol niečo spod pazuchy
et il tira de dessous son bras une enveloppe
a vytiahol spod pazuchy obálku
et cette enveloppe, il la remit à l'autre valet de pied
a túto obálku odovzdal druhému lokaji
D'un ton cérémoniel, il lui donna les ordres
slávnostným tónom mu povedal rozkazy
« Ce message s'adresse à la duchesse »
"Toto posolstvo je pre vojvodkyňu"
« Une invitation de la reine à jouer au croquet »
"Pozvanie od kráľovnej na hranie kroketu"
Le valet de pied qui ressemblait à une grenouille répéta
l'ordre
Lokaj, ktorý vyzeral ako žaba, zopakoval rozkaz
« De la reine »
"Od kráľovnej"
« Une invitation »
"pozvánka"
« pour la duchesse »
"pre vojvodkyňu"
« Jouer au croquet »
"Hranie kroketu"
Puis ils s'inclinèrent tous les deux
Potom sa obaja hlboko uklonili
et les boucles de leurs perruques s'emmêlèrent
a kučery v ich parochniach sa zamotali dohromady
Bientôt, le valet de pied qui ressemblait à un poisson a
disparu
čoskoro bol lokaj, ktorý vyzeral ako ryba, preč
Mais le valet de pied qui ressemblait à une grenouille était
toujours là
ale lokaj, ktorý vyzeral ako žaba, tam stále bol
Il était assis par terre près de la porte

sedel na zemi pri dverách
Il regardait bêtement le ciel
hlúpo hľadel do neba
Alice s'approcha timidement de la porte et frappa
Alica nesmelo prišla k dverám a zaklopala
— Il ne sert à rien de frapper, dit le valet de pied
"Nemá zmysel klopať," povedal lokaj
« Et ce, pour deux raisons »
"A to z dvoch dôvodov"
« D'abord, parce que je suis du même côté de la porte que toi »
"Po prvé, pretože som na rovnakej strane dverí ako ty"
« Deuxièmement, parce qu'ils font tellement de bruit à l'intérieur »
"Po druhé, pretože vo vnútri robia toľko hluku"
« Personne ne pouvait vous entendre »
"Nikto ťa nemohol počuť"
Et il y avait certainement un bruit des plus extraordinaires à l'intérieur
A vo vnútri sa určite odohrával najneobyčajnejší hluk
des hurlements et des éternuements constants
neustále zavýjanie a kýchanie
et de temps en temps un bruit de grand fracas
a každú chvíľu zvuk veľkého rachotu
comme si un plat ou une bouilloire avait été brisé en morceaux
akoby bol rozbitý riad alebo kanvica
« Comment vais-je entrer ? » demanda Alice
"Ako sa mám dostať dnu?" spýtala sa Alica
— Faut-il que tu entres ? dit le valet de pied
"Mali by ste vôbec vstúpiť?" spýtal sa lokaj
« C'est la première question, vous savez »
"To je prvá otázka, vieš"
Alice ouvrit la porte et entra
Alice otvorila dvere a vošla dnu
La porte menait directement à une grande cuisine
Dvere viedli priamo do veľkej kuchyne

La cuisine était pleine de fumée d'un bout à l'autre

kuchyňa bola plná dymu z jedného konca na druhý

au milieu de la cuisine se trouvait la duchesse

uprostred kuchyne bola vojvodkyňa

Elle était assise sur un tabouret à trois pieds

Sedela na trojnohej stoličke

et elle allaitait un bébé

a dojčila dieťa

Le cuisinier était penché au-dessus du feu

Kuchár sa nakláňal nad ohňom

Il remuait un grand chaudron

Miešal veľký kotol

et le chaudron semblait être plein de soupe

a zdalo sa, že kotol je plný polievky

**« Il y a certainement trop de poivre dans cette soupe ! » Alice
se dit**

"V tej polievke je určite príliš veľa korenia!" Alica si povedala:

Elle l'a dit du mieux qu'elle a pu sans éternuer

Povedala to najlepšie, ako vedela, bez kýchnutia

Même la duchesse éternuait de temps en temps

Dokonca aj vojvodkyňa občas kýchla

Mais les actions du bébé étaient les plus remarquables

Ale činy dieťaťa boli najpozoruhodnejšie

Le bébé éternuait et hurlait alternativement

dieťa striedavo kýchalo a zavýjalo

**Il n'y avait pas un instant de pause entre les hurlements et
les éternuements**

Medzi zavýjaním a kýchaním nebola ani chvíľka pauzy

**Il y avait deux créatures dans la cuisine qui n'éternuaient
pas**

V kuchyni boli dve stvorenia, ktoré nekýchali

Le cuisinier était trop occupé pour éternuer

Kuchárka bola príliš zaneprázdnená na to, aby kýchla

et le gros chat ne semblait pas se soucier du poivre

a zdalo sa, že veľkej mačke korenie nevadí

Au lieu de cela, le gros chat souriait d'une oreille à l'autre

namiesto toho sa veľká mačka usmievala od ucha k uchu

— Pourriez-vous me le dire, s'il vous plaît, dit Alice un peu timidement

"Povedzte mi, prosím," povedala Alice trochu nesmelo

« Pourquoi ton chat sourit-il comme ça ? »

"Prečo sa tvoja mačka takto usmieva?"

« C'est un Cheshire-Cat, » dit la duchesse

"Je to Cheshire-Cat," povedala vojvodkyňa

« Et c'est pourquoi il sourit d'une oreille à l'autre »

"A preto sa usmieva od ucha k uchu"

« Je ne savais pas qu'un Cheshire-Cat souriait toujours »

"Nevedel som, že Cheshire-Cat sa vždy usmieva."

« En fait, je ne savais pas que les chats pouvaient sourire », a déclaré Alice

"V skutočnosti som nevedela, že sa mačky môžu usmievať," povedala Alice

— Il y a beaucoup de choses que vous ne savez pas, dit la duchesse

"Je toho veľa, čo nevieš," povedala vojvodkyňa

« Il y a beaucoup de choses que vous ne savez pas et c'est un fait »

"Je toho veľa, čo neviete, a to je fakt"

Juste à ce moment-là, le cuisinier retira le chaudron de soupe du feu

Práve vtedy kuchár stiahol kotol polievky z ohňa

et aussitôt, elle commença à jeter tout ce qui était à sa portée

a okamžite začala hádzať všetko, čo mala na dosah

elle jeta tout ce qu'elle put sur la duchesse et le bébé

hodila všetko, čo mohla, na vojvodkyňu a dieťa

D'abord, elle jeta les fers à feu

Najprv hodila ohnivé železa

Puis elle a jeté une poignée de casseroles

Potom hodila hrsť hrncov

et enfin elle jeta les assiettes et les plats

a nakoniec hodila taniere a riad

La duchesse ne fit pas attention à elle

Vojvodkyňa si ju nevšimla

Même lorsqu'elle a été frappée par une assiette, elle ne s'est

pas inquiétée
Aj keď ju zasiahol tanier, nebála sa
Le bébé hurlait déjà tellement
dieťa už toľko zavýjalo
**Il était donc impossible de dire si les coups blessaient le
bébé ou non**
Nebolo teda možné povedať, či údery dieťaťu ublížili alebo nie
**« Oh, je vous en prie, faites attention à ce que vous faites ! »
s'écria Alice**
"Ach, prosím, dávajte si pozor, čo robíte!" zvolala Alica
et elle sautait de haut en bas dans une agonie de terreur
a skákala hore-dole v agónii hrôzy
la duchesse offrit le bébé à Alice
vojvodkyňa ponúkla Alici dieťa
« Ici ! Tu peux allaiter un peu le bébé, si tu veux !
"Tu! Ak chcete, môžete dieťa trochu dojčiť!"
et elle lui lança l'enfant tout en parlant
a hodila po nej dieťa, keď hovorila
« Je dois aller me préparer à jouer au croquet avec la reine »
"Musím ísť a pripraviť sa na hranie kroketu s kráľovnou"
et elle se hâta de sortir de la chambre
a ponáhľala sa von z izby
Alice attrapa le bébé avec quelque difficulté
Alica chytila dieťa s určitými ťažkosťami
parce que c'était une petite créature de forme très étrange
pretože to bolo malé stvorenie veľmi zvláštneho tvaru
**et l'enfant tendit les bras et les jambes dans toutes les
directions**
a dieťa vystrelo ruky a nohy na všetky strany
**« Je ferais mieux d'emmener cet enfant avec moi », pensa
Alice**
"Radšej vezmem toto dieťa so sebou," pomyslela si Alica
« Ils sont sûrs de tuer ce bébé dans un jour ou deux »
"Určite zabijú toto dieťa za deň alebo dva"
**« Ne serait-ce pas un meurtre de laisser ce bébé derrière soi ?
»**
"Nebola by to vražda nechať toto dieťa doma?"

Elle prononça les derniers mots à haute voix
Posledné slová povedala nahlas
Et la petite créature grogna en réponse
a tá maličkosť zavrčala v odpovedi
« Tu ferais mieux de ne pas te transformer en cochon, ma chère, » dit Alice
"Radšej sa nezmeníš na prasa, moja drahá," povedala Alica
« ou alors je n'aurai plus rien à faire avec toi »
"inak s tebou už nebudem mať nič spoločné"
Alice commençait à peine à penser en elle-même :
Alica si práve začínala myslieť:
« Maintenant, que vais-je faire de cette créature, quand je la ramène à la maison ? »
"Čo mám robiť s týmto tvorom, keď ho dostanem domov?"
Mais alors la petite créature grogna un peu violemment
ale potom malé stvorenie trochu prudko zavrčalo
et Alice baissa les yeux sur son visage avec une certaine inquiétude
a Alica sa jej pozrela do tváre s akýmsi strachom
Cette fois, il ne pouvait y avoir d'erreur à ce sujet
Tentoraz v tom nemohlo dôjsť k omylu
Ce n'était ni plus ni moins qu'un cochon
nebolo to ani viac, ani menej ako prasa
alors elle déposa la petite créature
A tak položila to malé stvorenie
et la petite créature s'éloigna tranquillement dans le bois
a malé stvorenie potichu odklusalo do lesa
Alice se sentit tout à fait soulagée de voir la créature partir
Alice pocítila úľavu, keď videla, ako stvorenie odchádza
Alice fut un peu surprise en voyant le Chat-Cheshire
Alice bola trochu prekvapená, keď uvidela Cheshire-Cat
Il était assis sur une branche d'arbre à quelques mètres de là
Sedel na konári stromu niekoľko metrov odtiaľto
Le chat ne sourit que lorsqu'il la vit
Mačka sa len uškrnula, keď ju uvidela
« Chat du Cheshire », commença Alice un peu timidement
"Cheshire-cat," začala Alice dosť nesmelo

« Pourriez-vous s'il vous plaît me dire dans quelle direction
je dois aller à partir d'ici ? »
"Mohli by ste mi, prosím, povedať, ktorou cestou sa mám
odtiaľto vydať?"
« Dans cette direction », dit le chat
"Tým smerom," povedala mačka
et il agita la patte droite
a mával pravou labkou dookola
« C'est dans cette direction que vit un fabricant de
chapeaux »
"V tom smere žije výrobca klobúkov"
puis le chat agita son autre patte
a potom mačka mávla druhou labkou
« Et dans cette direction vit un lièvre de marche »
"a v tom smere žije pochodový zajac"
« Visitez l'un ou l'autre de vos goûts ; Ils sont tous les deux
fous"
"Navštívte ktorékoľvek chcete; obaja sú šialení"
— Mais je ne veux pas aller parmi des fous, remarqua Alice
"Ale ja nechcem chodiť medzi šialených ľudí," poznamenala
Alica
« Oh, tu ne peux pas t'en empêcher, » dit le Chat
"Ach, nemôžete si pomôcť," povedala Mačka
« Nous sommes tous fous ici »
"Všetci sme tu šialení"
« Tu joues au croquet avec la reine aujourd'hui ? »
"Hráš dnes kroket s kráľovnou?"
— J'aimerais beaucoup, dit Alice
"Veľmi by som chcela," povedala Alica
« mais je n'ai pas encore été invité »
"ale ešte som nebol pozvaný"
« Tu me verras là-bas », dit le Chat
"Uvidíte ma tam," povedala Mačka
et d'un instant à l'autre le chat disparaissait
a z jednej chvíle na druhú mačka zmizla
bientôt Alice arriva en vue de la maison du lièvre de marche
čoskoro sa Alica dostala na dohľad k domu zajačieho zajaca

C'était une très grande maison
Bol to veľmi veľký dom
alors Alice ne voulait pas s'approcher de la maison
Alica sa teda nechcela priblížiť k domu
D'abord, elle a dû grignoter un peu plus du morceau de champignon du côté gauche
Najprv musela zahŕňať ešte kúsok huby na ľavej strane

Un thé fou

šialený čajový večierok

Devant la maison, il y avait un arbre

Pred domom bol strom

et sous l'arbre, il y avait une table

a pod stromom bol stôl

et la table était dressée avec toutes sortes de couverts

a stôl bol prestretý všetkými druhmi príborov

Le lièvre de mars et le chapelier étaient à table

Pochodový zajac a klobúčnik sedeli pri stole

et ensemble ils prenaient le thé

a spolu pili čaj

Un loir était assis entre eux

Medzi nimi sedel plch

et le loir dormait profondément

a plch tvrdo spal

La table était d'une taille extraordinaire

Stôl mal mimoriadnu veľkosť

mais la majeure partie de la table était inoccupée

ale väčšina stola bola neobsadená

**Ils étaient assis serrés les uns contre les autres dans un coin
de la table**

sedeli natlačení v jednom rohu stola

et pourtant ils s'excusaient quand ils voyaient Alice

a predsa sa ospravedlňovali, keď videli Alenku

« Pas de place ! Pas de place ! » crièrent-ils

"Žiadna miestnosť! Niet miesta!" kričali

« Il y a beaucoup de place ! » dit Alice avec indignation

"Je tu dosť miesta!" riekla Alica rozhorčene

**À l'une des extrémités de la table, il y avait un grand
fauteuil**

na jednom konci stola bolo veľké kreslo

et Alice s'assit dans le fauteuil

a Alica si sadla do kresla

Le chapelier ouvrit de grands yeux

Výrobca klobúkov otvoril oči doširoka

Il n'arrivait pas à croire ce qu'il voyait

Nemohol uveriť tomu, čo vidí
Mais son esprit était curieux d'autres choses
ale jeho myseľ bola zvedavá na iné veci
« Pourquoi un corbeau est-il comme un bureau ? »
"Prečo je havran ako písací stôl?"
Alice était prête à relever le défi
Alice bola otvorená výzve
« Je suis content qu'ils aient commencé à poser des
énigmes »
"Som rád, že sa začali pýtať hádanky"
— Je crois que je peux le deviner, ajouta-t-elle à haute voix
"Verím, že to dokážem uhádnuť," dodala nahlas
Le lièvre de mars s'est curieux de connaître Alice
Pochodový zajac začal byť zvedavý na Alicu
« Pensez-vous vraiment que vous pouvez trouver la réponse
? »
"Naozaj si myslíš, že dokážeš nájsť odpoveď?"
— Je crois que je peux trouver la réponse, en effet, dit Alice
"Myslím, že naozaj nájdem odpoveď," povedala Alica
« Alors, tu devrais dire ce que tu veux dire », continua le
lièvre de marche
"Potom by si mal povedať, čo myslíš," pokračoval pochodový
zajac
— Je dis ce que je pense, répondit vivement Alice
"Hovorím, čo mám na mysli," odpovedala Alice rýchlo
« à tout le moins, je pense ce que je dis »
"prinajmenšom myslím vážne, čo hovorím"
« C'est la même chose, vous savez »
"To je to isté, vieš"
Le loir a également contribué à la conversation
Do rozhovoru prispel aj plch
mais le loir semblait parler dans son sommeil
ale zdalo sa, že plch hovorí v spánku
« Je respire quand je dors »
"Dýcham, keď spím"
« Je dors quand je respire ! »
"Spím, keď dýcham!"

« Autant dire qu'ils sont les mêmes aussi »
"Mohli by ste tiež povedať, že sú rovnaké"
« C'est la même chose pour toi », dit le chapelier
"To isté je s tebou," povedal klobúkár
Et il versa un peu de thé sur le nez du loir
a nalial trochu čaju na nos pucha
Le Loir secoua la tête avec impatience
Plch netrpezlivo pokrútil hlavou
et le loir parla de nouveau, sans ouvrir les yeux
A plch opäť prehovoril, neotvoriac oči
« Bien sûr, bien sûr que c'est la même chose »
"Samozrejme, samozrejme, že je to rovnaké"
« C'est juste ce que j'allais dire moi-même »
"To je presne to, čo som chcel povedať sám"

Le chapelier se tourna vers Alice et lui posa une autre question

Výrobca klobúkov sa otočil k Alice a položil ďalšiu otázku

« As-tu déjà deviné l'énigme ? »

"Už si uhádol hádanku?"

« Non, j'abandonne », a concédé Alice

"Nie, vzdávam sa," pripustila Alice

« Quelle est la réponse ? » voulait-elle savoir

"Aká je odpoveď?" chcela vedieť

— Je n'en ai pas la moindre idée, dit le chapelier

"Nemám najmenšiu predstavu," povedal klobúčnik

« Moi non plus, » dit le lièvre de marche

"Ani ja neviem," povedal pochodový zajac

Alice poussa un soupir de lassitude

Alica si unavene povzdychla

« Il y a de meilleures utilisations du temps que des énigmes sans réponses »

"Existujú lepšie využitia času ako hádanky bez odpovedí"

« Prends encore du thé », dit le lièvre de marche à Alice, très sérieusement

"Dajte si ešte trochu čaju," povedal pochodový zajac Alici veľmi vážne

Alice était assez offensée par l'offre

Alice bola ponukou dosť urazená

— Je n'ai pas encore pris de thé, répondit Alice

"Ešte som nepila čaj," odpovedala Alice

« donc je ne peux plus prendre de thé »

"preto už nemôžem mať žiadny čaj"

— Vous voulez dire que vous ne pouvez pas prendre moins de thé, dit le chapelier

"Chceš povedať, že nemôžete mať menej čaju," povedal výrobca klobúkov

« C'est très facile de prendre plus que rien »

"Je veľmi ľahké vziať si viac ako nič"

À ces mots, Alice se leva et s'en alla

Na to Alica vstala a odišla

Le loir s'endormit instantanément

Plch okamžite zaspal
et ni l'un ni l'autre ne firent la moindre attention à son départ
a ani jeden z ostatných si ani v najmenšom nevšimol, že odchádza
bien qu'elle ait regardé en arrière une ou deux fois
hoci sa raz alebo dvakrát pozrela späť
Ils essayaient de mettre le loir dans la théière
snažili sa dať plcha do kanvice
« En tout cas, je n'y retournerai plus ! » dit Alice
"V každom prípade tam už nikdy nepôjdem!" povedala Alica
et elle se fraya un chemin à travers les bois
a kráčala lesom
« c'était le thé le plus stupide auquel j'aie jamais assisté »
"To bol najhlúpejší čajový večierok, na akom som kedy bol"
Juste au moment où elle disait cela, elle remarqua quelque chose
Práve keď to povedala, niečo si všimla
L'un des arbres avait une porte qui y menait directement
Jeden zo stromov mal dvere vedúce priamo do neho
« C'est très intéressant ! » a-t-elle pensé
"To je veľmi zaujímavé!" pomyslela si
« Je pense que je peux aussi bien passer la porte »
"Myslím, že by som mohol prejsť dverami"
Et elle passa par la porte
A cez dvere vošla
Une fois de plus, elle se retrouva dans le long couloir
Opäť sa ocitla v dlhej sále
de nouveau, elle était près de la petite table de verre
opäť bola blízko malého skleneného stolíka
Elle prit la petite clé d'or
Vzala malý zlatý kľúč
et elle ouvrit la porte qui donnait sur le jardin
a odomkla dvere, ktoré viedli do záhrady
Puis elle s'est mise au travail pour grignoter le champignon
Potom sa pustila do hryzenia huby
Elle avait gardé un morceau du champignon dans sa poche

Kúsok huby mala vo vrecku
Et finalement, elle mesurait environ un mètre
a nakoniec bola asi meter vysoká
Puis elle descendit le petit couloir
Potom kráčala malou chodbou
**Et puis elle s'est finalement retrouvée dans le magnifique
jardin**
a potom sa konečne ocitla v krásnej záhrade
**et elle était parmi les fleurs brillantes et les fontaines
fraîches**
a bola medzi jasnými kvetmi a chladnými fontánami

Le terrain de croquet de la reine

Kráľovnino kroketové ihrisko

Un grand rosier se dressait près de l'entrée du jardin

Pri vchode do záhrady stál veľký ružový strom

Les roses qui poussaient sur l'arbre étaient blanches

ruže rastúce na strome boli biele

Mais il y avait trois jardiniers qui peignaient la rose

ale boli tam traja záhradníci, ktorí maľovali ružu

Ils étaient occupés à peindre les roses en rouge

Usilovne maľovali ruže na červeno

et Alice les regardait peindre les roses en rouge

a Alica sa pozerala, ako maľujú ruže na červeno

et soudain leurs yeux tombèrent par hasard sur Alice

a zrazu ich oči padli na Alice

Alice parlait un peu timidement

Alica hovorila trochu nesmelo

« Pourriez-vous me le dire, s'il vous plaît ? »

"Mohli by ste mi to povedať, prosím?"

« Pourquoi peignez-vous tous ces roses ? »

"Prečo všetci maľujete tie ruže?"

cinq et sept ne dirent rien, mais regardèrent deux

päť a sedem nič nepovedali, ale pozreli sa na dvoch

deux d'entre eux parlèrent à voix basse

dvaja prehovorili tichým hlasom

— Eh bien, le fait est, voyez-vous, madame.

"Veď vidíte, madam"

« Celui-ci aurait dû être un rosier rouge »

"toto tu mal byť červený ružový strom"

« Et nous avons mis un rosier blanc par erreur »

"a omylom sme tam vložili biely ružový strom"

« Comme vous en conviendrez, la reine ne doit pas le découvrir »

"Ako by ste súhlasili, kráľovná to nesmie zistiť"

« Sinon, nous aurions tous la tête tranchée »

"inak by sme si všetci odrezali hlavy"

« Alors vous voyez, madame, nous faisons de notre mieux »

"Takže vidíte, pani, robíme, čo je v našich silách."

La cinquième carte avait regardé anxieusement à travers le jardin

Karta päť sa úzkostlivo pozerala cez záhradu

À ce moment, la cinquième carte cria : « La dame ! La reine !

V tej chvíli karta päť zavolala: "Kráľovná! Kráľovná!"

Et les trois jardiniers s'enfuirent aussitôt

a traja záhradníci okamžite utekali preč

et ils se jetèrent à plat ventre

a vrhli sa na tvár

Il y eut un bruit de nombreux pas

Ozvalo sa veľa krokov

Alice regarda autour d'elle, impatiente de voir la reine

Alica sa rozhliadla okolo seba, dychtivá vidieť kráľovnú

Au début de la procession se trouvaient dix soldats

Na začiatku sprievodu bolo desať vojakov

leurs mains et leurs pieds étaient dans les coins

ich ruky a nohy boli v rohoch

et dans leurs mains et leurs pieds étaient des massues

a v rukách a nohách mali palice

Venaient ensuite les dix courtisans

Nasledovalo desať dvoranov

Les courtisans étaient partout ornés de diamants

dvorania boli všade zdobení diamantmi

Après les courtisans sont venus les enfants royaux

Po dvoranoch prišli kráľovské deti

Il y avait dix enfants royaux

Kráľovských detí bolo desať

et tous les enfants royaux étaient ornés de cœurs

a všetky kráľovské deti boli ozdobené srdiečkami

Venaient ensuite les invités ; principalement des rois et des reines

Potom prišli hostia; Väčšinou králi a kráľovné

et parmi les rois et la reine, Alice vit quelqu'un

a medzi kráľmi a kráľovnou Alica videla niekoho

Elle revit le lapin blanc qu'elle avait chassé

znova uvidela bieleho králika, ktorého prenasledovala

Le cortège était suivi par le valet de cœur

Sprievod nasledoval srdcový kluk
Il portait la couronne du roi
niesol kráľovskú korunu
et la couronne du roi était sur un coussin de velours cramoisi
a kráľova koruna bola na karmínovom zamatovom vankúši
Et puis vint la fin de ce grand cortège
a potom prišiel koniec tohto veľkého sprievodu
Et là, à la fin, il y avait le Roi et la Reine de Cœur
A na konci bol kráľ a srdcová kráľovná
le cortège arriva en face d'Alice
sprievod prišiel oproti Alice
et ils s'arrêtèrent tous et la regardèrent
a všetci sa zastavili a pozreli na ňu
et la reine dit sévèrement : « Qui est-ce ? »
a kráľovná sa prísne spýtala: "Kto je to?"
Elle l'a dit au Valet de Cœur
Povedala to srdcovému Knave of Hearts
Mais il s'est contenté de s'incliner et de sourire en réponse
ale on sa len uklonil a usmial sa v odpovedi
Alice parla très poliment
Alica hovorila veľmi zdvorilo
« Je m'appelle Alice, alors faites plaisir à Votre Majesté »
"Volám sa Alice, tak prosím Vaše Veličenstvo"
Mais elle avait d'autres pensées pour elle-même
ale mala pre seba iné myšlienky
« Ce n'est qu'un jeu de cartes, après tout ! »
"Koniec koncov, je to len balíček kariet!"
« Savez-vous jouer au croquet ? » cria la reine
"Vieš hrať kroket?" zakričala kráľovná
La question était évidemment destinée à Alice
Otázka bola očividne určená pre Alice
— Oui ! dit Alice d'une voix forte
"Áno!" povedala Alica nahlas
« Venez jouer alors ! » rugit la reine
"Poď sa teda hrať!" zarevala kráľovná
une voix timide s'adressa à Alice
nesmelý hlas prehovoril k Alice

« C'est une très belle journée ! »
"Je veľmi pekný deň!"
Elle se promenait près du lapin blanc
Kráčala okolo bieleho králika
et le Lapin Blanc jetait un coup d'œil anxieux sur son visage
a Biely králik jej úzkostlivo pozeral do tváre
« Une très belle journée, en effet, confirma Alice
"Naozaj veľmi pekný deň," potvrdila Alica
« Où est la duchesse ? »
"Kde je vojvodkyňa?"
« Chut ! Chut ! dit le Lapin
"Ticho! Ticho!" povedal Králik
« Elle est sous le coup d'une sentence d'exécution »
"Je odsúdená na popravu"
« Pourquoi est-elle exécutée ? » demanda Alice
"Za čo ju popravujú?" spýtala sa Alice
« Elle a éraflé les oreilles de la reine », commença le lapin
"Odškriabala kráľovnine uši," začal králik
cria la reine d'une voix de tonnerre
Kráľovná zakričala hromovým hlasom
« Retournez à vos endroits ! »
"Choď na svoje miesta!"
et les gens se mirent à courir dans toutes les directions
a ľudia začali pobehovať na všetky strany
et ils tombèrent tous les uns contre les autres
A všetci sa zrútili proti sebe
Cependant, ils se sont calmés en une minute ou deux
Za minútu alebo dve sa však usadili
Et puis le jeu a commencé
A potom sa hra začala
Alice n'avait jamais vu un terrain de croquet aussi curieux
Alica nikdy nevidela také zvláštne kroketové ihrisko
L'herbe n'était que crêtes et sillons
tráva bola samé hrebene a brázdy
Les boules de croquet étaient de vrais hérissons
Kroketové lopty boli skutočni ježkovia
Et les maillets étaient de vrais flamants roses

A paličky boli skutočné plameniaky

et les soldats se tinrent sur leurs mains et leurs pieds

a vojaci stáli na rukách a nohách

Parce que les arches ont été faites à partir de leurs corps

pretože oblúky boli vyrobené z ich tiel

Les joueurs ont tous joué en même temps

Všetci hráči hrali naraz

Personne n'attendait son tour

nikto nečakal, kým na nich príde rad

et tout le monde se querellait avec tout le monde

a všetci sa s každým hádali

et tous se battaient pour les hérissons

a všetci bojovali za ježkov

Bientôt, la reine fut dans une colère furieuse

čoskoro bola kráľovná v zúrivej vášni

et elle s'est mise à piétiner et à crier

a začala dupať a kričať

« Coupez-lui la tête ! »

"Odseknite mu hlavu!"

« Coupez-lui la tête ! »

"Odsekni jej hlavu!"

« Coupez-leur la tête ! »

"Odseknite im všetky hlavy!"

De nouveau, Alice pensa en elle-même

Alica si opäť pomyslela

« Ils sont affreusement friands de décapiter les gens ici »

"Strašne radi tu stínajú hlavy ľuďom"

**« Ce qui est très étonnant, c'est qu'il reste quelqu'un en vie !
»**

"Veľký zázrak je, že tu zostal niekto nažive!"

Elle cherchait un moyen de s'échapper

Hľadala nejaký spôsob úniku

Elle remarqua une curieuse apparition dans l'air

Všimla si zvláštny vzhľad vo vzduchu

« C'est le chat du Cheshire », se dit-elle

"To je Cheshire-mačka," povedala si

« maintenant j'aurai quelqu'un à qui parler »

"Teraz budem mať s kým hovoriť"
« Comment vas-tu ? » dit le chat
"Ako sa ti darí?" spýtala sa mačka
« Je ne pense pas qu'ils jouent du tout équitablement », a déclaré Alice
"Nemyslím si, že hrajú vôbec férovo," povedala Alice
et elle avait un ton plutôt plaintif
a mala dosť sťažujúci sa tón
« Ils se querellent tous si affreusement »
"Všetci sa tak strašne hádajú"
« On ne s'entend pas parler »
"Človek nepočuje hovoriť"
« Et ils ne semblent pas jouer selon des règles »
"A zdá sa, že nehrajú podľa žiadnych pravidiel"
le chat a posé une question à Alice à voix basse
mačka položila Alici otázku tichým hlasom
« Comment aimez-vous la reine ? »
"Ako sa ti páči kráľovná?"
— Je ne l'aime pas du tout, dit Alice
"Vôbec ju nemám rada," povedala Alice

Alice pensa qu'elle ferait aussi bien d'y retourner

Alice si pomyslela, že by sa mohla vrátiť

Elle voulait voir comment le match se passait

chcela vidieť, ako sa hra vyvíja

Elle est partie à la recherche de son hérisson

Odišla hľadať svojho ježka

Le hérisson était occupé à combattre un autre hérisson

Ježko bol zaneprázdnený bojom s iným ježkom

C'était une excellente occasion

Bola to vynikajúca príležitosť

Elle pouvait croquer un hérisson avec l'autre

vedela kroketovať jedného ježka s druhým

Mais son flamant rose était de l'autre côté du jardin

ale jej plameniak bol na druhej strane záhrady

Le flamant rose était plutôt maladroit

plameniak bol dosť nemotorný

Son flamant rose essayait de s'envoler dans un arbre

Jej plameniak sa pokúšal vyletieť do stromu

Elle attrapa le flamant rose par la patte

Chytila plamenáka za nohu

Et elle glissa le flamant rose sous son bras

a zastrčila si plamenáka pod pazuchu

De cette façon, le flamant rose ne pouvait plus s'échapper

Takto plameniak nemohol znova utiecť

Juste à ce moment-là, Alice rencontra la duchesse

Práve vtedy sa Alice náhodou stretla s vojvodkyňou

La duchesse était maintenant sortie de prison

Vojvodkyňa bola teraz vonku z väzenia

Elle glissa affectueusement son bras sous celui d'Alice

Láskyplne zastrčila ruku pod Alicinu pazuchu

puis ils sont partis ensemble

a potom spolu odišli

Alice était très heureuse de la trouver d'une humeur si agréable

Alica bola veľmi rada, že ju našla v takej príjemnej povahe

Elle était cependant un peu surprise

Bola však trochu prekvapená
Elle entendit la voix de la duchesse près de son oreille
Počula hlas vojvodkyne blízko ucha
« Tu penses à quelque chose, ma chérie »
"Na niečo myslíš, moja drahá"
« Et ça fait oublier de parler »
"A to spôsobuje, že zabúdate hovoriť"
« Le jeu se passe un peu mieux maintenant », a déclaré Alice
"Hra teraz prebieha o niečo lepšie," povedala Alice
C'était une façon de poursuivre la conversation
bol to jeden zo spôsobov, ako pokračovať v konverzácii
— C'est vrai, dit la duchesse
"Je to naozaj tak," povedala vojvodkyňa
« Et la morale de cela est la suivante : »
"A ponaučenie z toho je toto:"
« C'est l'amour qui fait tout ! »
"Je to láska, ktorá robí všetko!"
« L'amour est ce qui fait tourner le monde »
"Láska je to, čo hýbe svetom"
Alice avait une autre explication
Alice mala iné vysvetlenie
« C'est fait par tout le monde qui s'occupe de ses propres affaires ! »
"Robí to tak, že sa každý stará o svoje veci!"
— Ah ! Vous pourriez avoir raison"
"Ach, dobre! Mohol by si mať pravdu"
— Tout cela signifie à peu près la même chose, dit la duchesse
"To všetko znamená takmer to isté," povedala vojvodkyňa
et elle enfonça son petit menton pointu dans l'épaule d'Alice
a zaborila svoju ostrú bradu do Alicinho ramena
« Et la morale de cela est la suivante »
"a ponaučenie z toho je toto"
« Prendre soin du sens »
"Postaraj sa o zmysel"
« Et puis les sons prendront soin d'eux-mêmes »
"A potom sa zvuky postarajú samy o seba"

Mais alors le bras de la duchesse se mit à trembler
Ale potom sa vojvodkynina ruka začala triasť
Alice leva les yeux et la reine se tenait là
Alica zdvihla zrak a tam stála kráľovná
La reine avait les bras croisés
kráľovná mala zložené ruky
Et elle fronçait les sourcils comme un orage !
a mračila sa ako búrka!
« Je vous préviens », cria la reine
"Varujem ťa," kričala kráľovná
et elle piétina le sol tout en parlant
a pri tom dupala po zemi
« Soit ta tête, soit sa tête doit être coupée »
"buď tvoja hlava, alebo jej hlava musí byť odstránená"
« Faites votre choix ! »
"Vyber si!"
« Et soyez rapide à ce sujet »
"a buďte v tom rýchli"
La duchesse fait son choix
Vojvodkyňa sa rozhodla
et au bout d'un instant la duchesse avait disparu
a o chvíľu bola vojvodkyňa preč
Puis la reine s'adressa à Alice
Potom kráľovná prehovorila k Alice
« Continuons le jeu »
"Poďme pokračovať v hre"
Alice était trop effrayée pour dire un mot
Alica bola príliš vystrašená na to, aby povedala čo i len slovo
et elle la suivit lentement jusqu'au terrain de croquet
a pomaly ju nasledovala späť na kroketové ihrisko
Pendant tout ce temps, la reine s'est querellée avec les autres joueurs
Kráľovná sa celý čas hádala s ostatnými hráčmi
« Coupez-lui la tête ! »
"Odseknite mu hlavu!"
« Coupez-lui la tête ! »
"Odsekni jej hlavu!"

« Coupez-leur la tête ! »
"Odseknite im všetky hlavy!"
Bientôt, tous les joueurs ont été en garde à vue
čoskoro boli všetci hráči vo väzbe
il ne restait que le roi, la reine et Alice
zostali len kráľ, kráľovná a Alica
Puis la reine s'en alla, tout à fait essoufflée
Potom kráľovná odišla, celkom zadýchaná
et elle s'en alla avec Alice
a odišla s Alicou
Alice entendit le roi dire quelque chose
Alica počula kráľa potichu niečo povedať
« Vous êtes tous pardonnés »
"Všetci ste omilostení"
Mais soudain, un autre cri se fit entendre
ale zrazu bolo počuť ďalší výkrik
« Le procès commence ! »
"Proces sa začína!"
et Alice courut avec les autres
a Alica bežala spolu s ostatnými

Qui a volé les tartes ?
Kto ukradol koláče?

Le roi et la reine de cœur étaient assis
Kráľ a srdcová kráľovná sedeli

ils étaient sur leur trône quand Alice arriva
boli na svojom tróne, keď prišla Alice

Il y avait une grande foule rassemblée autour d'eux
okolo nich sa zhromaždil veľký dav

Il y avait toutes sortes de petits oiseaux et de bêtes
boli tam všelijaké malé vtáčiky a zvieratá

Et il y avait tout le paquet de cartes
a bol tam celý balíček kariet

Le coquin se tenait devant eux, enchaîné
Darebák stál pred nimi, v reťaziach

et il y avait un soldat de chaque côté pour le garder
a na oboch stranách bol vojak, ktorý ho strážil

près du roi était le lapin blanc
blízko kráľa bol biely králik

Il avait une trompette dans une main
V jednej ruke mal trúbku

et il avait un rouleau de parchemin dans l'autre main
a v druhej ruke mal zvitok pergamenu

Au milieu de la cour se trouvait une table
Uprostred nádvoria bol stôl

Sur la table, il y avait un grand plat de tartes
Na stole bola veľká miska koláčov

« J'aimerais qu'ils fassent le procès », pensa Alice
"Priala by som si, aby skúšku dokončili," pomyslela si Alice

« Alors nous pourrions manger quelques-uns de ces rafraîchissements ! »
"Potom by sme mohli zjesť nejaké z tých občerstvení!"

Le juge, soit dit en passant, était le roi
Sudcom bol mimochodom kráľ
et il portait sa couronne sur sa grande perruque
a svoju korunu nosil cez svoju veľkú parochňu
« C'est le banc des jurés, pensa Alice
"To je porota," pomyslela si Alica
« Et ces douze créatures, je suppose qu'elles sont les jurés »
"a tých dvanásť tvorov, predpokladám, že sú porotcovia"
certains étaient des animaux, et d'autres étaient des oiseaux
niektoré boli zvieratá a niektoré vtáky
Juste à ce moment-là, le lapin blanc a crié
Práve vtedy vykríkol biely králik
« Silence dans la cour ! »
"Ticho na súde!"
« Héraut, lisez l'accusation ! » dit le roi
"Herald, prečítajte si obvinenie!" povedal kráľ
Le lapin blanc souffla trois coups de trompette
Biely králik trúbil na trúbku trikrát
Puis il déroula le parchemin
Potom rozvinul pergamenový zvitok
Et il a lu ce qui suit :

a čítal nasledovné:

« **La reine de cœur, elle a fait des tartes,** »
"Srdcová kráľovná urobila nejaké koláče,"
« **Tout cela, elle l'a fait un jour d'été** »
"To všetko robila v letný deň"
« **Le valet de cœur, il a volé ces tartes** »
"Srdcový darebák, ukradol tie koláče"
« **Et il a emporté ces tartes loin !** »
"A tie koláče vzal ďaleko!"
« **Appelez le premier témoin** », **dit le roi**
"Zavolajte prvého svedka," povedal kráľ
et le lapin blanc souffla trois coups de trompette
A biely králik trúbil na trúbku trikrát
« **Amenez le premier témoin !** » **cria-t-il**
"Priveďte prvého svedka!" zavolal
Le premier témoin était le chapelier
Prvým svedkom bol výrobca klobúkov
Il entra avec une tasse de thé dans une main
Vošiel so šálkou v jednej ruke
et il avait un morceau de pain et de beurre dans l'autre main
a v druhej ruke mal kúsok chleba s maslom
« **Tu aurais dû finir** », **dit le roi**
"Mali ste skončiť," povedal kráľ
« **Quand avez-vous commencé ?** »
"Kedy si začal?"
Le chapelier regarda le lièvre de marche
Klobúčnik sa pozrel na pochodového zajaca
Le lièvre de marche l'avait suivi dans la cour
Pochodový zajac ho nasledoval na nádvorie
Il avait marché bras dessus bras dessous avec le loir
kráčal ruka v ruke s plchom
« **Le quatorzième mars, je crois, dit-il**
"Myslím, že to bolo štrnásteho marca," povedal
« **Rendez votre témoignage** », **dit le roi**
"Vypovedajte," povedal kráľ
« **Et ne sois pas nerveux, ou je te ferai exécuter sur-le-champ** »

"a nebuď nervózny, inak ťa nechám na mieste popraviť"
Cela n'a pas semblé encourager du tout le témoin
Zdá sa, že to svedka vôbec nepovzbudilo
Il n'arrêtait pas de se déplacer d'un pied sur l'autre
stále sa presúval z jednej nohy na druhú
et il regarda la reine avec inquiétude
a nepokojne pozrel na kráľovnú
**et, dans sa confusion, il mordit un gros morceau de sa tasse
de thé**
a vo svojom zmätku odhryzol zo šálky čaju veľký kus
En réalité, il voulait croquer dans son pain et son beurre
v skutočnosti si chcel zahryznúť do chleba a masla
Juste à ce moment, Alice éprouva une sensation très curieuse
Práve v tejto chvíli Alica pocítila veľmi zvláštny pocit
Elle commençait à grossir à nouveau
Začínala sa opäť zväčšovať
Le misérable chapelier laissa tomber sa tasse de thé
Úbohý výrobca klobúkov upustil šálku čaju
et le pain et le beurre tombèrent à terre
a chlieb a maslo padli na zem
et il mit un genou à terre
a pokľakol si na jedno koleno
« Je suis un pauvre homme, Votre Majesté », a-t-il commencé
"Som chudobný človek, Vaše Veličenstvo," začal
« Vous êtes un bien mauvais orateur, » dit le roi
"Ste veľmi slabý rečník," povedal kráľ
« Tu peux y aller, » dit le roi
"Môžeš ísť," povedal kráľ
et le chapelier quitta précipitamment la cour
a klobučník rýchlo opustil dvor
« Appelez le témoin suivant ! » dit le roi
"Zavolajte ďalšieho svedka!" povedal kráľ
Le témoin suivant fut le cuisinier de la duchesse
Ďalším svedkom bol kuchár vojvodkyne
Elle portait la poivrière à la main
V ruke niesla škatuľku od korenia
et les gens près de la porte se mirent à éternuer tout à coup

a ľudia pri dverách začali naraz kýchať

« Rendez votre témoignage », dit le roi

"Vypovedajte," povedal kráľ

— Je ne donnerai aucun témoignage, dit le cuisinier

"Nebudem svedčiť," povedal kuchár

Le roi regarda anxieusement le lapin blanc

Kráľ sa úzkostlivo pozrel na bieleho králika

Et le lapin blanc parlait d'une voix douce

a biely králik prehovoril tichým hlasom

« Votre Majesté doit contre-interroger ce témoin »

"Vaše Veličenstvo musí tohto svedka krížovo vypočuť"

« Eh bien, s'il le faut, il le faut, » dit le roi

"Nuž, ak musím, musím," povedal kráľ

« De quoi sont faites les tartes ? »

"Z čoho sa vyrábajú koláče?"

« Les tartes sont faites de poivre, principalement », a déclaré le cuisinier

"Koláče sa väčšinou robia z korenia," povedal kuchár

Pendant quelques minutes, toute la cour fut dans la confusion

Niekoľko minút bol celý dvor zmätený

Finalement, ils se sont tous calmés

nakoniec sa všetci opäť usadili

Mais à ce moment-là, le cuisinier avait disparu

ale vtedy kuchár zmizol

« N'importe ! » dit le roi

"Nevadí!" povedal kráľ

« Appel à la barre du prochain témoin »

"Zavolajte ďalšieho svedka"

Alice regarda le lapin blanc qui tâtonnait sur la liste

Alice sledovala bieleho králika, ako tápa v zozname

Vous pouvez imaginer sa surprise à ce qu'elle a entendu ensuite

Viete si predstaviť jej prekvapenie z toho, čo počula ďalej

à tue-tête de sa petite voix aiguë, il appela le nom « Alice ! »

z plného hrdla svojho prenikavého hlasu zavolal meno

"Alica!"

« Ici ! » s'écria Alice
"Tu!" zvolala Alica
Elle se leva d'un bond en toute hâte
Vyskočila vo veľkom zhone
et elle renversa le banc des jurés
a prevrátila porotnú lóžu
et elle renversa tous les jurés
a zrazila všetkých porotcov
et ils tombèrent sur la tête de la foule en bas
a padli na hlavy zástupu pod nimi
Alice était dans un grand désarroi
Alica bola veľmi zdesená
« Oh ! je vous demande pardon ! » s'écria-t-elle
"Ach, prepáčte!" zvolala
« Le procès ne peut pas avoir lieu », dit le roi
"Súdny proces nemôže pokračovať," povedal kráľ
« Les jurés doivent retourner à leur place »
"Porotcovia sa musia vrátiť na svoje správne miesta"
Il répéta l'ordre avec beaucoup d'emphase
Rozkaz zopakoval s veľkým dôrazom
et il regarda Alice d'un air sévère
a prísne sa pozrel na Alicu
**« Que savez-vous de ces événements ? » demanda le roi à
Alice**
"Čo vieš o týchto udalostiach?" spýtal sa kráľ Alice
— Je ne sais rien à ce sujet, dit Alice
"Neviem o tom nič," povedala Alica
Le roi lut ensuite un extrait de son livre
Kráľ potom čítal zo svojej knihy
« Règle quarante-deux »
"Pravidlo štyridsaťdva"
**« Toutes les personnes de plus d'un kilomètre de haut
doivent quitter le tribunal »**
"Všetky osoby vyššie ako míľu majú opustiť súd"
« Je ne suis pas à un mille de haut, » dit Alice

"Nie som ani na míľu vysoká," povedala Alice
« Près de deux milles de haut », dit la reine
"Takmer dve míle vysoké," povedala kráľovná

— Eh bien, je refuse d'y aller, dit Alice
"No, ja odmietam ísť," povedala Alica
Le roi pâlit
Kráľ zbledol
et il ferma précipitamment son carnet
a rýchlo zavrel svoj zápisník
« Considérez votre verdict », a-t-il dit au jury
"Zvážte svoj verdikt," povedal porote
Il parlait d'une voix basse et tremblante
Hovoril tichým, trasúcim sa hlasom
Puis le lapin blanc prit la parole
Potom prehovoril biely králik
« Il y a encore plus de preuves à venir »
"Ešte prídu ďalšie dôkazy"
et il se leva d'un bond en toute hâte
a vo veľkom zhone vyskočil

« Ce papier vient d'être retiré »
"Tento papier bol práve vyzdvihnutý"
« On dirait que c'est une lettre écrite par le prisonnier »
"Zdá sa, že je to list napísaný väzňom"
Il déplia le papier tout en parlant
Počas rozprávania rozložil papier
« Ce n'est pas une lettre, après tout »
"Koniec koncov, nie je to list"
« Ce que c'était, c'était un ensemble de versets »
"To, čo to bolo, bol súbor veršov"
« S'il vous plaît, Votre Majesté », dit le coquin
"Prosím, Vaše Veličenstvo," povedal darebák
« Je n'ai pas écrit ces vers »
"Tie verše som nenapísal"
« et ils ne peuvent pas prouver que j'ai écrit quoi que ce
soit »
"a nemôžu dokázať, že som niečo napísal"
« Il n'y a pas de nom signé à la fin »
"Na konci nie je podpísané žiadne meno"
Le roi parla au fripon
Kráľ sa prihovoril darebákovi
« Vous avez dû vouloir causer des méfaits »
"Musel si chcieť spôsobiť nejakú neplechu"
« Sinon, tu aurais signé ton nom comme un honnête
homme »
"inak by si sa podpísal ako čestný muž"
Il y eut un claquement général de mains
Ozvalo sa všeobecné tlieskanie rukami
Et le roi se tourna vers le lapin blanc
A kráľ sa obrátil k bielemu králikovi
« Lisez les vers », ordonna-t-il
"Prečítajte si verše," prikázal
Il y eut un silence de mort dans la cour
Na dvore bolo mŕtve ticho
et le lapin blanc lut les versets
A biely králik čítal verše
Ils m'ont dit que vous étiez allé chez elle

Povedali mi, že si bol u nej
Et ils lui parlèrent de moi
A spomenuli mu mňa
Elle m'a donné un bon caractère
Dala mi dobrý charakter
Mais elle a dit que je ne savais pas nager
Ale povedala, že neviem plávať
Il leur a fait savoir que je n'étais pas parti
Poslal im správu, že som nešiel
Nous savons que c'est vrai
Vieme, že je to pravda
Si elle poussait l'affaire, que deviendriez-vous ?
Ak by mala túto záležitosť presadzovať, čo by sa stalo s vami?
Je lui en ai donné un, ils lui en ont donné deux
Dal som jej jednu, oni jemu dve
Vous nous en avez donné trois ou plus
Dali ste nám tri alebo viac
Ils sont tous revenus de sa part vers vous
Všetci sa od neho vrátili k tebe
bien qu'ils aient été les miens avant
aj keď predtým boli moje
Si j'avais la chance d'être
Ak by som mal šancu byť
Si j'étais impliqué dans cette affaire
Keby som bol ja alebo ona zapletený do tejto záležitosti
Il compte en vous pour les libérer
Dôveruje ti, že ich oslobodíš
Exactement comme nous étions
Presne takí, akí sme boli
Mon idée, c'est que vous aviez été
Myslel som si, že ste boli
Avant qu'elle n'ait cette crise
Predtým, ako dostala tento záchvat
Un obstacle qui s'est dressé entre
Prekážka, ktorá sa objavila medzi
Lui, et nous-mêmes, et cela
On a my a to

Ne lui faites pas savoir qu'elle les aimait mieux
Nedajte mu najavo, že sa jej páčia najviac
Car cela doit être à jamais un secret, caché à tous les autres
Lebo to musí byť navždy tajomstvom, utajené pred všetkými
ostatnými
Ce secret doit rester un secret entre vous et moi
Toto tajomstvo musí zostať tajomstvom medzi tebou a mnou
Le roi était très impressionné
Kráľ bol veľmi ohromený
**« C'est la preuve la plus importante que nous ayons
entendue jusqu'à présent »**
"To je najdôležitejší dôkaz, aký sme doteraz počuli"
**— Je ne crois pas que ces vers aient un atome de sens,
objecta Alice**
"Neverím, že tie verše nesú atóm významu," namietala Alice
le roi avait sa propre opinion sur la question
kráľ mal na túto vec svoj vlastný názor
**« S'il n'y a pas de sens dans ces mots, cela sauve un monde
de problèmes »**
"Ak v týchto slovách nie je žiadny význam, zachráni to svet
problémov"
**« Alors nous n'avons pas besoin d'essayer de trouver le
sens »**
"Potom sa nemusíme snažiť nájsť zmysel"
« Laissons le jury délibérer sur son verdict »
"Nech porota zváži svoj verdikt"
« Non, non ! » dit la reine
"Nie, nie!" povedala kráľovná
« La condamnation d'abord, le verdict ensuite »
"Najprv odsúdenie, potom rozsudok"
« Des bêtises et des bêtises ! » dit Alice à haute voix
"Veci a nezmysly!" povedala Alice nahlas
« Comme il est stupide de condamner l'accusé en premier ! »
"Aké hlúpe je odsúdiť obžalovaného ako prvý!"

« Tais-toi ! » dit la reine en devenant violette

"Drž jazyk za zubami!" povedala kráľovná a zfialovila

« Je ne me tairai pas ! » dit Alice

"Nebudem držať jazyk za zubami!" povedala Alica

cria la reine à tue-tête

Kráľovná zakričala z plného hrdla

« Coupez-lui la tête ! »

"Odseknite jej hlavu!"

Personne n'a fait un mouvement

Nikto neurobil pohyb

« Qui se soucie de ce que vous dites ? » dit Alice

"Koho zaujíma, čo hovoríte?" spýtala sa Alica

Elle avait atteint sa taille maximale à ce moment-là

V tom čase už narástla do svojej plnej veľkosti

« Tu n'es rien d'autre qu'un jeu de cartes ! »

"Nie si nič iné ako balíček kariet!"

À ces mots, toutes les cartes se levèrent dans les airs

V tom sa všetky karty zdvihli do vzduchu

et toutes les cartes s'abattaient sur elle

a všetky karty na ňu prileteli

Elle poussa un petit cri
Trochu vykríkla
Elle était à moitié effrayée, mais aussi en colère
Bola napoly vystrašená, ale aj nahnevaná
Et elle a essayé de se battre contre les cartes
a snažila sa bojovať s kartami zo seba
puis elle se retrouva allongée sur le talus d'herbe
a potom sa ocitla ležať na trávnatom brehu
Sa tête était sur les genoux de sa sœur
jej hlava bola v lone jej sestry
Des feuilles mortes s'étaient posées sur son visage
na tvári jej pristálo nejaké mŕtve lístie
et sa sœur balayait doucement les feuilles
a jej sestra jemne odhrnula lístie
« Réveille-toi, ma chère Alice ! » dit sa sœur
"Zobuď sa, Alenka drahá!" povedala jej sestra
« Quel long sommeil tu as eu ! »
"Aký dlhý spánok si mal!"
« Oh, j'ai fait un rêve si curieux ! » dit Alice
"Ach, mala som taký zvláštny sen!" povedala Alica
Et elle raconta à sa sœur tout ce qu'elle pouvait se rappeler
A povedala svojej sestre všetko, čo si pamätala
toutes les étranges aventures que vous venez de lire
Všetky tie zvláštne dobrodružstvá, o ktorých ste práve čítali
Alice se leva et s'enfuit en courant
Alica vstala a utiekla
et elle pensait, tout en courant, à son rêve
a keď bežala, premýšľala o svojom sne
« Quel rêve merveilleux cela avait été ! »
"Aký to bol nádherný sen!"

www.ingramcontent.com/pod-product-compliance
Lightning Source LLC
Chambersburg PA
CBHW011049190726
48290CB00011B/3076